VICTORY NOVELS

装甲空母大国

1 大鳳型を量産せよ!

原 俊雄

電波社

この作品はフィクションであり、登場する国家、団体、人物などは、
現実の国家、団体、人物とは一切関係ありません。

装甲空母大国(1)——もくじ

大鳳型を量産せよ！

序　章　実験艦飛龍の戦い

1

昭和一七年六月五日。——それは、大日本帝国の終焉を想わせるような光景だった。

虎の子の空母三隻が、スジ状の煙を上げながら烈《はげ》しく燃えている。

誘爆が止まらず、南雲忠一《なぐもちゆういち》中将は機動部隊の象徴ともいえる「赤城」から将旗を降ろし、旗艦を軽巡「長良《ながら》」へ移そうとしていた。

そのすぐ南西では、「加賀」が爆弾四発を喰らって、艦橋が吹き飛ばされている。艦長の岡田次《じ》作《さく》大佐以下が戦死してしまい、「加賀」はもはや人事不省におちいっていた。

北へすこし離れた洋上では、「蒼龍《そうりゆう》」も爆弾三発を喰らい操艦不能におちいっている。艦長の柳本柳作《りゆうさく》大佐が鬼の形相《ぎようそう》で消火を命じていたが、火の勢いは増すばかりであった。

昭和一六年一二月の開戦以来、太平洋、インド洋を股に掛けて暴れまわって来た南雲機動部隊の雄姿は、もはや見る影もなかった。

——べっ、米軍にしてやられたっ！「翔鶴《しようかく》」「瑞鶴《ずいかく》」が居てくれたら、これほどの被害を出さずに済んだのに……。

航空参謀の源田《げんだ》実《みのる》中佐は「赤城」の艦上でそう悔いていたが、もはや後の祭りだった。

「赤城」「加賀」「蒼龍」の三空母は艦内で爆発をくり返しており、日付け変更線を超えたミッドウェイ島の北西洋上で、あっけなく沈みゆく運命にあった。

ミッドウェイ攻略作戦に参加した主力空母は全部で四隻。第五航空戦隊の空母「翔鶴」「瑞鶴」は同方面には出撃していない。ただ一艦、爆撃をまぬがれた空母「飛龍《ひりゅう》」は、白波を蹴立て、すでに疾走し始めていた。

残された「飛龍」には、第二航空戦隊司令官の山口多聞《たもん》少将が座乗している。

三空母の悲報はすでに連合艦隊司令部にも届いていたが、作戦中止を告げる命令はまだ出されていない。山口少将は被爆した三空母をかばうようにして北東へ針路を執り、米軍機動部隊の方へぐんぐん「飛龍」を近づけて行った。

そして、来襲した敵爆撃機を追い掛けるようにして攻撃隊を放ち、二波にわたる攻撃を実施して米空母「ヨークタウン」を見事、大破することに成功した。

自力航行が不可能になった「ヨークタウン」は二日後、帝国海軍「伊一六八」潜水艦から雷撃を受け、魚雷二本を喰らって結局、海の藻屑《もくず》と化すことになる。

「飛龍」によるすばやい反撃がなければ、「ヨークタウン」はパールハーバーへ生還していたにちがいなく、山口少将は米空母一隻を見事返り討ちにしてみせたが、「飛龍」も二度にわたる攻撃で多くの艦載機を失っていた。

無理もない。「飛龍」から飛び立った艦爆や艦攻は、米空母三隻分、およそ三倍の敵戦闘機を相手にして苦戦を余儀なくされた。

それでも飛龍攻撃隊は「ヨークタウン」に爆弾三発と魚雷二本を命中させたのだから、搭乗員の技量はやはりずば抜けていた。

実際、第一、第二航空戦隊の搭乗員はこの時点でまぎれもなく世界一の技量を誇っていた。けれども「赤城」「加賀」「蒼龍」の三隻は、技量抜群の搭乗員たちに出撃を命じるその前に撃破されてしまい、まったく為す術《すべ》がなかった。

宝の持ち腐れとはまさにこのこと。しかも、それら爆弾や魚雷を抱いた艦載機が三空母の艦内で次々と誘爆を起こしたのだから、南雲司令部の作戦指導のマズさは〝万死に値する！〟といわざるをえなかった。緒戦からの連勝続きで、艦隊内に驕《おご》りの気分が蔓延しており、そこを米軍にきっちりと狙われて、ぶざまにも足元を掬《すく》われたようなかっこうだ。

並みの指揮官が「飛龍」艦上で指揮を執っていたとすれば、味方空母三隻が撃破されたところですっかり怖《お》じ気《け》づいていたことだろう。しかし山口多聞は敢然と立ちあがり、搭乗員らを叱咤激励して攻撃隊に即時発進を命じ、「飛龍」をぐんぐん敵方へ近づけて行った。

疾走し始めた「飛龍」のすがたを見て、三空母を撃破されて意気消沈となっていた将兵らの顔に俄然《がぜん》、生気がよみがえった。

「頼むぞ、『飛龍』、仇《かたき》を取ってくれ！」

山口少将は帝国海軍随一の勝負勘を持つ、稀代の猛将にちがいなく、そのことを疑う者はだれもいない。みなが「飛龍」の突進を見て、俄然勇気百倍となった。

突撃を命じた山口自身にも、むろんそれなりの勝算はあった。

反撃を開始した時点で、米空母が〝三隻も存在する〟ということはわかっていなかった。

――来襲した敵機の多さから判断して出て来た米空母が〝一隻だけ〟ということはおそらくないだろう……。が、敵空母が二隻なら、充分に逆転の希《のぞみ》はある！

山口はそう考えたが、第一波攻撃隊が敵艦隊上空へ到達し、そのときはじめて〝米空母は三隻も存在する！〟ということが判明した。

――そうか、敵空母は三隻も居たか……。

なるほど、攻撃を終えて帰投しつつある第一波攻撃隊は三分の二以上の機を失っており、第一波を率いて出撃した小林道雄《みちお》大尉機のすがたは、もはや上空になかった。

その事実を知って、さしもの山口も、にわかに表情を険しくした。

――そうか……。兵力が三対一では、「飛龍」もいずれ、やられるかもしれないぞ！

山口は覚悟を決めざるをえなかったが、連合艦隊司令部から作戦中止の命令はいまだ出されていない。あるいは米英軍の指揮官であれば、味方空母三隻が撃破されたときに、独断で早々と撤退を決めていてもおかしくはなかった。

味方は敵機動部隊から待ち伏せの奇襲攻撃を喰らっており、主力空母三隻が戦力外となった時点で撤退を命じてしまったほうが、およそ合理的な判断にちがいなかった。

しかし山本五十六《いそろく》大将の連合艦隊司令部は、なおも夜戦を企図している。作戦が継続されている以上、山口におめおめと引き下がるような考えはなかった。「飛龍」を危険に晒《さら》すが、決して全滅を賭《と》した無謀な突撃ではない。

なぜなら、空母「飛龍」の飛行甲板には、竣工当初から〝三八ミリの装甲〟が張りめぐらされていたのである。

軍縮条約明け後に建造された「飛龍」はとくに実験艦の意味合いが強く、艦橋を左舷に設置していたのも、そうした試みのひとつだった。

ただし飛行甲板に装甲を施した「飛龍」は、艦底に七五〇トンのバラストを取り付けて、艦の高重心化を防いでいた。そのため排水量は一五〇〇トンほど増えており、新造時の「飛龍」の基準排水量は一万八八〇〇トンに達し、艦の重量が増したその分、速力は〇・六ノットほど低下して、装甲空母「飛龍」の最大速力は時速三四ノットとなっていた。

――もはやこうなれば、「飛龍」の防御力を信じて、戦い続けるしかない！

三八ミリの装甲があれば、計算上では、「飛龍」の飛行甲板は、五〇〇ポンド（約二二七キログラム）爆弾の直撃に耐え得るのだ。

とはいえ、敵空母が〝三隻も出て来た！〟というのは、山口にとっても誤算で、「飛龍」は敵方へあまりにも近づきすぎていた。

その距離およそ一一〇海里。

しかも、帰投して来た機のほとんどが損傷しており、山口は第三波攻撃隊を準備するための時間を稼ごうとして、午後三時二〇分には「飛龍」の針路を北西へ向けた。

2

日没時刻は現地時間で午後六時二九分。太陽はすでに西へ傾きかけている。

残された時間はあと三時間余りだが、少しでも多くの機を修理するために、山口は第三波攻撃隊の発進予定時刻を午後五時二〇分とした。

薄暮攻撃になる可能性が高く、第三波の帰投は夜になるが、搭乗員の技量はすこぶる高く、夜間着艦に不安はない。

山口は修理を急がせたが、それでも第三波攻撃隊として零戦一〇機、艦爆五機、艦攻四機の一九機しか出せそうになかった。

――残る米空母は二隻！　ミッドウェイ島攻略をあきらめるのはまだ早い！

敵空母の一隻は確実に撃破したので、山口はそう考えたが、「飛龍」が戦闘可能な状態を維持しておりさえすれば、逆転の希はまだあった。

ダッチハーバー方面では今、角田覚治《かくたかくじ》少将の第二機動部隊が作戦している。

第二機動部隊には軽空母「龍驤《りゅうじょう》」と〝装甲〟空母「瑞鶴」の二隻が在り、近藤信竹《のぶたけ》中将の攻略部隊にも軽空母「瑞鳳《ずいほう》」が随伴していた。

早ければ三日後（六月八日）には、第二機動部隊が応援に駆け付ける可能性があり、そうなれば空母兵力は一気に逆転するのだ。

ちなみに貨客船改造の「飛鷹《ひよう》」「隼鷹《じゅんよう》」はいまだ工事を完了しておらず、二隻とも装甲空母として八月に竣工する予定になっていた。いや、それだけではない。「飛龍」以降に計画された「翔鶴」「瑞鶴」も装甲空母として誕生し、翔鶴型、飛鷹型はともに飛行甲板に〝五八ミリの装甲を持つ〟空母として建造されていた。

五月に損傷した「翔鶴」は現在修理中で、ダッチハーバー方面には、「瑞鶴」と「龍驤」が出撃していた。

第三波攻撃隊の薄暮攻撃が成功すれば、作戦可能な米空母は〝あと一隻！〟となる。

そして、攻略部隊所属の「瑞鳳」から支援を得ながら「飛龍」が三日間ほど持ちこたえることができれば、いよいよミッドウェイ方面へ第二機動部隊が到着し、同島の占領も可能になる。

ただし米軍には、ミッドウェイ島の航空基地が存在するので、それを叩きつぶすために、攻略部隊に属する最上型重巡四隻がミッドウェイ沖へと急ぎ、夜間砲撃に向かおうとしていた。

こうした打開策の歯車がすべて嚙み合えば、おそらく逆転は可能だったが、そうは問屋が卸さなかった。

はたして午後四時五八分、「飛龍」の上空へ米軍攻撃隊が先手を取って来襲した。


そのとき「飛龍」の上空では、一三機の零戦が直掩《ちょくえん》に当たっていたが、ドーントレス爆撃機四〇機からなる米軍攻撃隊は雲を巧みに利用して「飛龍」へと近づき、およそ奇襲に成功した。

太陽を背にして突入を開始したドーントレスが次々と「飛龍」をめがけ急降下して来る。

それにハタと気づいて、「飛龍」は三〇ノット以上の高速で大回頭をおこない、投じられた爆弾の三発目までをきっちりとかわした。

零戦も遅ればせながら敵襲に気づき、ドーントレスの群れへ、猛然と襲い掛かる。

その甲斐あって、あとから進入して来たドーントレス一五機ほどは、「飛龍」の上空へ近づくことができず、戦艦「榛名《はるな》」や重巡「利根《とね》」「筑摩《ちくま》」に狙いを変えて投弾、三艦に対し至近弾数発をあたえたにとどまった。

その間、「飛龍」もむろん懸命の回避運動を続けていたが、進入をゆるした敵機の数があまりにも多すぎた。

零戦の迎撃をまんまとすり抜けたドーントレス二五機ほどが狙う空母に容赦なく爆弾を投下。そのうちの四発が次から次へと命中して、「飛龍」の飛行甲板をずたずたに引き裂いた。

真っ赤な炎に包まれた「飛龍」が、狂った牡牛《おうし》のように洋上を走りまわる。

他艦の将兵はそれを見て思わず目を伏せた。

四発の命中弾はほぼ、「飛龍」の前部エレベーター付近に集中していた。

しかも、一五〇海里足らずと「飛龍」までの距離が近く、来襲したドーントレスは全機が、破壊力の大きい一〇〇〇ポンド爆弾を装備して出撃していた。

三八ミリの装甲もむなしく四発の爆弾はすべて飛行甲板を貫通して炸裂した。いや、一発は装甲の無い前部エレベーターを直撃し、昇降板を吹き飛ばして下部格納庫で炸裂した。

たちまち火災が起きて、機関室にも煙が入って来る。

それでもまだタービンは四基とも異常がなく動いており、ボイラーも八罐《かま》のうち五罐は正常だった。電話もまだ通じており、まもなく機関室から艦橋へ「出し得る最大速度三〇ノット！」という報告がなされた。

それはよかったが、火の勢いがなかなかおさまらず、艦長の加来止男《かくとめお》大佐は消火を優先するために、「飛龍」の速力をにわかに一四ノットまで低下させた。

上空から敵機のすがたはもう消えていた。

火はそれでも燃え広がり、機関室もいよいよ息苦しくなってきた。小型の酸素ボンベが置いてあり、それでなんとか急場を凌《しの》いでいると、艦橋から「一方向だけに旋回している！」という連絡が入ってきた。

主電源が切れて舵駆動用のモーターが止まってしまったのだが、そのことにいちはやく気づいた機関長付けの萬代久男《まんだいひさお》少尉が、補助電源《バッテリー》に切りかえるよう、艦橋と操舵室に連絡して、舵はやがて動き始めた。

ところが、これが空母「飛龍」の運命を危うくした。

というのが、電話も舵取りモーターと同じ電源を使用しており、しばらく時間が経つとバッテリーが上がってしまい、機関室の電話が艦橋に通じなくなったのだ。

機関室との連絡が途絶えて、艦橋ではそれを機関科が〝全滅したのだ！〟と勘違いした。

艦橋では、機関参謀の久馬武夫《きゅうまたけお》少佐が機関室と連絡を取ろうと何度も呼びかけていたが、機関科員はみな火災を避けるために伝声管のない区画へ移動していたのだった。

もはや万事休すかと思われたが、被弾から二時間以上が経過して、「飛龍」の火災はようやく沈静化し始めた。

飛行甲板に命中した爆弾三発のうちの一発は下部格納庫まで達して炸裂したが、残る二発の炸裂は上部格納庫で喰い止めていた。「飛龍」はその結果、艦後部への延焼を防ぐことができ、修理中の零戦三機は格納庫で焼失したものの、艦爆や艦攻には火の手が及ばず、爆弾、魚雷の誘爆は避けることができた。

時刻はもはや午後八時になろうとしている。ようやく火がおさまると、萬代少尉は明かりの差すところを見つけ、なんとか通路へ出た。そこではまだ、火がくすぶり続けていたが、かれは上部と連絡を取るために先を急いだ。すると、艦橋から下りて来た久馬少佐とばったり出くわし、萬代は声をからして久馬に告げた。

「タービン、ボイラーとも生きており、二八ノットは可能です！　操舵を手動に切り替えて速度を上げてください！」

「ほ、本当か!?　……よし、わかった！　よくぞ持ちこたえてくれた。機関長にもよろしく伝えてくれ！」

久馬が大急ぎで艦橋へ駆けもどるや、加来艦長が速力二〇ノットを命じ、「飛龍」はやがて西北西へ向けて航行し始めた。

3

空母「飛龍」の艦橋は艦のほぼ中央に在る。最大の窮地を脱したが、「飛龍」は艦橋より前の飛行甲板を跡形もなく破壊され、残る後ろ半分の飛行甲板も相当に傷んでいた。

むろん発着艦は不可能で戦闘機の収容もできない。「飛龍」が航空母艦としての機能を喪失したため、上空直掩に当たっていた零戦は不時着水して搭乗員のみを駆逐艦で救助した。

機関科からは〝二八ノット可能！〟との報告があったが、艦前部の損傷がはげしく、「飛龍」はもはや半身不随となっている。加来艦長は二四ノット以上の速度で「飛龍」を航行させるのは〝危険である！〟と上級司令部に報告した。

これより先に、南雲中将は「長良」への移乗を終えており、すでに「飛龍」の被爆を「大和」の連合艦隊司令部へ報告していた。

――くっ、「飛龍」もやられたかっ！

それが二時間以上も前のことで、連合艦隊司令部は、いよいよ作戦を中止すべきか否かの判断を迫られていた。

一応みなの意見を聴いていたが、山本五十六の肚《はら》はすでに決まっていた。

――「飛龍」が戦闘力を奪われた以上、もはや作戦を中止するしかない！

ところが幕僚は、争うようにして強気の意見を唱え、山本に作戦の続行を懇願した。

山本はそれらの意見を黙って辛抱強く聴いていたが、その後も良からぬ報告ばかりが「大和」へ入って来た。

午後七時過ぎには「加賀」と「蒼龍」が相次いで沈没し、午後八時には「赤城」でも総員退去の命令が出された。

そして、これに追い討ちを掛けたのが第二機動部隊からの報告だった。

角田少将の第二機動部隊は、この日もダッチハーバーに対する空襲を実施しており、どうしても給油を必要としていた。給油後に急ぎ南下したとしても、ミッドウェイ近海への進出には四日ほど掛かり、到着は〝六月九日のことになる〟というのであった。

頼みの「飛龍」が戦闘力を喪失した上に、米空母はいまだ二隻以上も残っている。いや、敵空母は〝五隻〟とする報告さえあった。第二機動部隊が到着するまでのまる三日間を軽空母「瑞鳳」の航空兵力だけで凌げるはずがない。

もはやこれ以上の攻勢は将棋の指しすぎにちがいなく、次々と舞い込む悪い知らせに、幕僚らも次第に意気消沈となっていった。

下手に作戦を続行すれば、「飛龍」も追い撃ちを受け、沈められるかもしれない。

――もはや撤退するしかない！

みなが薄々そう感じていたが、問題は、航行を停止した「赤城」だった。

作戦を中止して撤退すれば、「赤城」はおのずと取り残される。米軍に捕獲され、ワシントンのポトマック河畔で見世物《みせもの》にされるぐらいなら、自沈処理すべきであった。

しかし「赤城」を沈めるのは忍びない。首席参謀の黒島亀人《かめと》が泣き喚《わめ》くようにして言った。

「陛下の艦を、陛下の魚雷で沈めるようなことはできません！」

その思いはむろん同じであったが、山本は心を鬼にして重い口を開いた。

「私は『赤城』の艦長をしたことがあるから、同艦の処分を命ずるのは残念でならない。……『赤城』を味方の魚雷で沈めることについては、私が陛下にお詫び申し上げる」

この一言で事実上、ミッドウェイ作戦の中止が決まった。

その後、ただちに作戦中止命令が起案され、旗艦「大和」から全部隊に対して撤退命令が出された。しかし、島の砲撃を命じられていた第七戦隊の最上《もがみ》型《がた》重巡四隻はいかにもミッドウェイ島に近づきすぎていた。

急な反転命令に部隊は混乱、重巡「最上」と「三隈《みくま》」が衝突事故を起こし、結局「三隈」は、米軍艦載機から空襲を受けて沈没してしまう。

一方の「最上」は大破しながらも、ほうほうの体《てい》でミッドウェイ近海から離脱した。

六月一四日。空母「飛龍」は「大和」などとともに呉の柱島錨地《はしらじまびょうち》へ帰投した。結局、飛行甲板に装甲を持たない「赤城」「加賀」「蒼龍」の三隻は沈没を余儀なくされ、飛行甲板に装甲が施されていた「飛龍」のみが生還したのである。

しかし、爆弾の当たり所が悪ければ、「飛龍」もまた沈んでいたにちがいなく、三八ミリの装甲では全然〝もの足りない〟ということも、その後の研究でつまびらかになる。

第一章　建造計画の大転換

1

　四年前に「国際連盟」を脱退して以来、日本は国際社会で孤立化の一途をたどっていた。同じく連盟から脱退したドイツと昨年一一月に防共協定を結び、米英と対立しつつある。

　そして今年、七月に日中戦争が始まると、ルーズベルト大統領が「隔離演説」をおこない、とくに米国との関係は悪化していた。


――ドイツと軍事同盟を結べば、米英との対立が決定的になる！　日独同盟はなんとしても阻止する必要がある！

　海軍次官の山本五十六中将は誓って、そう肝《きも》に銘じていた。

　折しも帝国海軍は「マル四計画」策定の時期を迎えていたが、軍令部は相も変わらず、巨大戦艦二隻の建造を計画している。大和型戦艦の三、四番艦である。

　山本五十六自身は、戦艦はもはや無用の長物で出来るだけ多くの〝空母を造るべきだ！〟と考えていたが、軍艦の建造計画を立案する（兵力量を決定する）のは軍令部の仕事であり、要らぬ口出しは控えていた。

　先の「マル三計画」策定時には航空本部長をしていたので〝空母や陸攻を造れ！〟と主張した。

が、次官である今は、建造の予算組みはおこなうが、造る軍艦の種類にまで口出しするのはおよそお門違いだった。

――なおも、戦艦を造り続けるなど、時代錯誤もはなはだしい！　造るなら空母に限るが、いかなる軍備をやろうとも、とにかくドイツとの同盟を回避しさえすれば日米戦は避けられる！　それが次官である、私の務めだ！

つい昨日まで、山本はそう考えていた。

ところが、昭和一二年の暮れも押し迫る一二月二七日に、横須賀航空隊司令の桑原虎雄《くわばらとらお》大佐から話を聞かされて、山本は、この考えを改めざるをえなかった。

「山本さん。不吉なことを言うようですが、米国との戦争は、結局、避けられないのではないでしょうか……」

「そんなことはない！　ドイツへの接近を止めれば、対米戦は避けられる！」

山本は当然そう言い返したが、桑原は口をすぼめながら告白した。

「いえ、じつは〝例の水野〟が、昭和一六年ごろが最も危ないと言うのです」

桑原が言う水野とは、水野義人《よしひと》という二四、五の青年で、山本が航空本部長をしていたときに海軍の嘱託《しょくたく》として採用した太占師《ふとまにし》のことだった。

手相骨相を観る達人だが、飛行訓練中の事故があまりにも多く、前途有為の若者を次々と飛行事故で亡くして頭を痛めていた海軍は、飛行適性を事前に見きわめるために、水野義人を嘱託として雇い入れ、その観相術を飛行兵採用の判断基準とし、大いに活用していたのである。

実際、水野の予言がことごとく当たるので、桑原は脅威を感じるほどだった。

「もう一年くらいすると、戦《いくさ》が始まるんじゃないでしょうか……」

「いや、始まるとしても、あと一年なんてことはないだろう」

桑原はそう首をかしげたが、それが昭和一一年夏ごろのことで、それからちょうど一年後に、事実「日中戦争」が始まったのだ。

その後、桑原が「なぜあの時、ああいうことを言ったのか?」と質問すると、水野は事もなげに答えた。

「いえ、むかし子供の時、手相骨相に興味を持ち始めたころ、東京で死相の出ている人がたくさん眼に付きました。ところが、大阪へ行くとそれがないので、ふしぎに思っていると、それが関東大震災というかたちであらわれて来た。……今度の場合は東京の町に〝ここ一、二年のうちに後家になる〟という、いわゆる後家相をした婦人がひどく眼に付きました。女の人ばかりなので、これは天変地異ではなく、戦が始まって夫を喪《うしな》うのだろう、と思ったのです」

事変当初に、東京を中心に編成された第一〇一師団が、上海戦線で戦って多くの戦死者を出したのは事実である。

それだけではない。

水野は山本五十六の手相もいちど観ており、山本の特徴は、俗に天下線と称する太閤《たいこう》・秀吉が持っていたのと同じ線が、中指の付け根まではっきり一直線に伸びていて、途中で職業を変わらずに最高位まで行く人の相である、と、山本が大将になることまで、言い当てていた。

そしてこのたび、「パネー号事件」が発生し、米国との関係がさらに悪くなると、桑原は一歩、踏み込んで水野に訊いてみた。

「……将来、米国と戦争になるようなことがあるだろうか？」

すると、水野はしずかにうなずいてみせ、「ルーズベルト大統領の顔を観ておりますと、稀《まれ》にみる執念深い相をしております」と断った上で、さらに言及した。

「ルーズベルトが大統領に三選されるようなことがあれば、対米戦は避けられないのではないでしょうか……。昭和一六年には戦争の可能性が最も高まるでしょう。一九四〇年（昭和一五年）一一月の選挙で大統領の座をせしめれば、ルーズベルトはいよいよ日本に対して強気で臨み、挑発して来るはずです」

ルーズベルトがアメリカ大統領に三選されれば二選まで、という不文律をないがしろにし、史上はじめてのことになるが、かれが三選の野望を抱いているのはあきらかで、アメリカ国民もそれを是認しそうないきおいだった。

ルーズベルトが三選される可能性は高く、水野のことをすっかり信用するようになっていた桑原は、一二月二七日に海軍省を訪れて、山本に〝昭和一六年ごろが危ない！〟と告げたのだが、じつは三年後、昭和一六年の年明け早々に、水野は桑原に対して「戦争は、今年中に始まります！」と断言し、昭和一六年一二月の日米開戦をきっちり言い当てることになる。

手相を見せたほどだから、むろん山本も水野義人のことを、よく知っている。

一二月二七日に桑原から「昭和一六年ごろが危ない！」と聞かされて、山本には思い当たる節《ふし》がいくつもあった。

ほとんど孤軍奮闘し「パネー号事件」の処理に当たった山本は、ルーズベルト大統領が日本を敵視していることをひしひしと感じていたし、その執拗さに辟易《へきえき》させられていた。

こちらにも原因があり、陸軍はドイツへの傾斜を強めているし、海軍でも省部を問わず課長級の多くの者がドイツへすり寄り、米英を排除しようとしている。

その根源となっているのが軍令部総長の伏見宮《ふしみのみや》博恭王《ひろやすおう》だ。博恭王が青年期をドイツ海軍で過ごしたことが大きい。ドイツに好意的な博恭王が「対米戦も辞せず！」と公言し、佐官級の若い士官を焚き付けているので始末に負えない。

米内《よない》大将や山本がいつまでも海軍省に居るはずもなく、昭和一六年にはすっかりほかの者に入れかわっているにちがいなかった。

巷《ちまた》でもドイツとの関係強化を望む強硬論ばかりが叫ばれ、時流に乗せられて海軍が日独同盟に舵を切らないともかぎらない。むろん米内大将や山本が海軍をあずかっているあいだは日独同盟の芽をかたっぱしから摘み取ってゆくが、大勢はドイツへ傾いており、三年、四年と経てばこの勢いを抑えようもなかった。

しかも、「マル三計画」で建造を開始した大和型戦艦や翔鶴型空母などが昭和一六年末ごろに続々と完成する。建艦競争で先手を取った帝国海軍の対米戦力比がいよいよピークに達するため、山本ですら、戦争に訴えるなら〝昭和一六年末しかない！〟と思った。

昭和一七年には対米戦に突入しているかもしれない。だとすれば、もはや悠長に戦艦など造っている場合ではなかった。「マル四計画」の主力艦は昭和一五年ごろから建造を始めるが、巨大戦艦の建造には〝たっぷり四年は掛かる〟とみておく必要がある。大和型戦艦の三、四番艦が完成するのは昭和一九年か、二〇年のことだ。

そのころには、今よりさらに航空機が進化しており、巨大戦艦はそれこそ無用の長物となりかねない。しかも戦争中の最も重要な時期に、大切な建造資材や工員を二大戦艦の建造に取られ、船台やドックも長期間にわたって塞いでしまうことになる。

——これでは空母の増産などまず不可能で、「マル四計画」での巨大戦艦建造は、自分で自分の首を絞めているようなものじゃないかっ！

そのとおりだが、山本はさらに思った。

——ドイツへの傾斜さえ止めればよいと考えていたが、それだけではダメだ！　昭和一六年ごろが最も危ないとすれば、ここ（マル四計画）でしっかりと、将来をみすえた建艦をやっておく必要がある！　でないと先々に禍根《かこん》を残し、国を亡ぼすことになる！

そして山本が考える、将来をみすえた建艦とは空母の増産にほかならなかった。

——もはや戦艦は要らない！「マル四計画」では、攻守に確信の持てる主力空母をぜひとも四隻建造しておくべきだ！

そう思い至るや、山本は軍令部に建造計画の転換をもとめるために、軍令部次長の古賀峯一《みねいち》中将ともう一度、ひざ詰めで話し合う決意を固めたのである。

2

次官の山本が、次長の古賀峯一を海軍省の自室へ招いたのは年明け早々、昭和一三年一月五日のことだった。

「やあ、新年早々、野暮用で呼び出して済まないが、マル四計画のことだ。……戦艦二隻の建造はもう止めて、排水量三万トン程度の空母を四隻ほど造ってもらいたい」

「……く、空母を四隻ですと⁉　そりゃあんまりですね……」

古賀が目をまるくして驚くのも当然だが、山本は遠慮なく続ける。

「いろいろ考えたが、ルーズベルトが長期政権を固める昭和一六年ごろがじつに危ない」


そして山本は、海軍の戦力がそのころにピークを迎えること、ルーズベルトが予想以上に日本を敵視していること、日本の世論がドイツへ傾きつつあることなどを切々と訴え、戦艦を造り続けることの不利を、口を酸っぱくして説いた。

古賀はそれらに一々うなずいて山本の言に耳を傾けていたが、すべて聴き終わると、ため息まじりで返した。

「なるほど、昭和一六年が危ないというのはそのとおりかもしれません。しかし、われわれさえしっかりしておれば、やはり対米戦は避けられるのではないでしょうか……」

古賀が〝われわれ〟と言ったのは、いうまでもなく米内、山本、井上成美《しげよし》、そして古賀自身のことである。古賀は大艦巨砲主義者ではあるが、反独親英では山本らと考えを一にしていた。

「そりゃ、その任に在るあいだは徹底的にドイツへの接近を阻止するさ！　しかしきみ、いったいいつまで次長を続けるつもりだ？　昭和一六年といえば三年以上も先だぞ……」

山本の言うとおりだった。

古賀が〝われわれ〟と言った四名のうち、昭和一六年まで現在の職にとどまっているような者は一人としていないだろう。

そのことは古賀も認めざるをえず、口をすぼめてうなずいた。

「いや、たしかにそうですな……。日本はすでに坂を転がり始めているのかもしれません……」

坂を転がり落ちて行き着く先は米国との戦争に決まっていた。

——なにより博恭王が、対米戦も〝辞さず！〟と断言しているのが大きい……。

古賀はしみじみそう思った。

どうやら古賀も、二人が考えていた以上に対米戦となる〝危険性が高い！〟と気づいたようだった。そうみてとるや、山本がすかさず話をもとにもどす。

「だから大量の資材や金、時間と人手を要する戦艦の建造は、どう考えても不利だ。三、四番艦の二隻が完成した昭和一九年後半ごろには、もはや太平洋上空を大量の米軍機が埋め尽くしていることだろう……。それら米軍機から一、二番艦（大和、武蔵）を護るためにも、やはり次の『マル四計画』では、一隻でも多くの空母を建造しておくべきなんだ！」

建艦競争をやっても米国に勝てないことは古賀もよく承知している。戦艦も造り空母も造るという贅沢な軍備は日本にはできないのだ。

すると、古賀はしばらく考えていたが、意外にもあっさりと山本の言い分をみとめた。

「わかりました。対米戦の脅威は、私が考えていた以上に差し迫っているのかもしれません。ここは、空母を優先的に建造しておいたほうが、どうやら無難のようです」

これを聞いて、さすがに古賀くんは〝ものわかりがいい！〟と、山本はひざを打ってよろこんだが、話はそう単純ではなかった。

「けれども、山本さん。四隻とも空母というのはやはり、どうしても無理がありますな……」

古賀がそう言及すると、これには山本も首をひねった。

「……どうしてかね？」

古賀はじつに真剣な面持《おもも》ちで、山本の問い掛けに応じた。

「考えてもみてください。戦艦の建造を一切止めて空母ばかりを建造せよと強制すれば、いま真剣に建造計画を立案している第二部長や第三課長の鼻をへし折るようなことになります。……大きな方針転換となり、おそらく殿下（博恭王）も、よい顔をされぬでしょう」

古賀の言うとおりにちがいなかった。

ちなみに現在、軍備を担当する、軍令部第二部長は三川軍一《みかわぐんいち》少将（海兵三八期卒業）が務め、同じく第三課長は松崎彰《あきら》大佐（海兵四三期卒業）が務めていた。

「うむ……」

山本が思わずうなり声を上げる。それを見て古賀が続けた。

「ですから、私が強制するわけにはいかず、あくまで、かれらの自主性に任せるべきです」

「……かれらの自主性に任せて、それではたして空母を四隻も造れるかね？」

するると古賀は、きっぱりと言い切った。

「だから四隻は無理です！　空母は三隻とし、大和型四番艦はあきらめますが、三番艦は建造していただきたい。それならばなんとか理由を付けて私がかれらを説得してみせます」

「……三万トン級の空母三隻と大和型戦艦一隻ということだな？」

「そうです。空母四隻では大きな反発を買うのが必定。とても説得する自身がありません。しかし三番艦を計画に残すなら、従来の路線を維持しているのだという格好が一応付きます。かれらの鼻をへし折らずに済み、事を荒立てずに済みますから、殿下への説明も付くでしょう。そのあたりで手を打っていただきたい」

古賀の言うとおりだった。山本としても、三川軍一や松崎彰を更迭《こうてつ》してまで空母四隻案をゴリ押しするのは〝よくない〟と思った。そんなことをすれば、それこそ大問題となって、事が博恭王にまで及んでしまう。

一方の古賀も、「大和」「武蔵」はまちがいなく建造されるので、それで〝よし〟というところはあった。「漸減邀撃《ぜんげきようげき》作戦」で何度も演習を繰り返したが米国に勝てる見込みは到底なく、だからこそ古賀は、ドイツへの接近を阻止しようとしているのだった。

――たしかに航空機の進歩は著《いちじる》しい。……大和型三番艦を造れるなら御の字だ……。

山本としても、大問題となって博恭王に仲裁を請うようなことだけは避けたい。だとすれば、ここは古賀に任せるしかなかった。

「よし、わかった。ならばきみに任せる！　空母三隻と大和型三番艦一隻で手を打とう。……よろしく頼む！」

古賀もむろんうなずいたが、話はこれで終わりではなかった。

ひと呼吸おいて山本が続ける。

「ところで建造の順番だが、大和型三番艦はいま言ったように建造するが、四隻の主力艦のうちの最後にしてもらいたい」

「空母の建造を優先し、空母三隻から先に着工するということですね？　まあ、それはかまいませんが……」

古賀がしぶしぶうなずくと、山本はさらに注文を付けた。

「きみに隠し立てするつもりはなく、すべて話しておくが、最後の大和型三番艦が起工されるのは昭和一六年ちかくのことになるだろう……。そのころには、海軍の航空が現状より大きく進歩している可能性がある」

古賀がこれにうなずくと、山本は目をほそめて切り出した。

「大和型三番艦はもちろん戦艦として建造を開始するが、航空機の進歩が著しい場合は、これを空母に改造することも視野に入れておく。そのため、空母改造の設計案をあらかじめ準備しておき、三番艦をただちに改造できるようにしておきたいのだ。……米国と戦争になるかどうか、それはむろんわからぬが、三番艦を空母に改造するとしても、それはだいぶ先のことだから、とくに問題はなかろう？」

するとすこしばかり考えてから反対に質問した。

「空母改造案をあらかじめ準備しておくのは結構ですが、大和型三番艦も第一三〇号艦（大鳳《たいほう》）と同じような装甲空母に改造するという、お考えですか？」

山本はこれに即答した。

「ああ。承知のとおり英海軍は装甲空母を建造しようとしている。今後は飛行甲板に装甲を施した空母が世界の趨勢《すうせい》となっていくだろう。私は、大和型三番艦も装甲空母に改造すべきだ、と思っているが、なにせ、装甲空母の建造は経験のないことだから、そのあたりは航空本部や艦政本部ともよく相談してみる必要がある。……井上（軍務局長）にもよく話しておくから、装甲空母の建造については、軍令部でもさらに研究を進めておいてもらいたい」

山本が説明したとおり、海軍省では、軍務局が建造計画の折衝を担当している。

古賀は山本の答えにこくりとうなずき、こうして「マル四計画」の立案はとりあえず戦艦一隻と空母三隻を建造する、という方針でうごき始めたのである。

3

イギリス海軍が装甲空母（イラストリアス）の建造を開始したとの情報を持ち帰ったのは、在英武官補佐官をしていた山本善雄《よしお》中佐（海兵四七期卒業）だった。

昭和一二年五月二五日に帰朝した山本は、在英武官の矢野英雄《ひでお》大佐（海兵四三期卒業）と連絡を取ってイラストリアス級空母の建造を確かめ、その事実を軍令部や艦政本部に報告した。

艦政本部ではちょうどこの一二月一日付けで岩村清一《せいいち》少将（海兵三七期卒業）が総務部長に就任しており、同じく在英武官補佐官の経験を持つ岩村は、山本善雄の報告に俄然《がぜん》乗り気となって、装甲空母の建造を推進してゆく。

――よし！「マル四計画」では、ぜひとも装甲空母を建造してやろう！

かたや英国から帰朝した山本善雄は、昭和一二年一一月一五日付けで軍務局・第一課A局員（アメリカ担当）に就任しており、軍務局長の井上成美少将（海兵三七期卒業）を補佐して、装甲空母計画にひと役買うことになる。

山本五十六と古賀峯一との話し合いで、「マル四計画」で建造される予定の空母が三隻となり、艦本総務部長の岩村少将はますますやる気になっている。

――よし、三隻とも装甲空母だ！

そのいっぽうで、欧米出張から六月に帰朝していた航空本部・技術部長の和田操《みさお》少将（海兵三九期卒業）も、装甲空母の建造を後押しするような報告を山本五十六におこなっていた。

「イギリスは雷撃機の開発に重点を置いておりますが、ドイツとアメリカは急降下爆撃機のほうを重視しております。いや、もっと正確に申し上げますと、イギリスは雷撃機一辺倒、ドイツは急降下爆撃機一辺倒です。残るアメリカと日本は、その中間といえますが、日本はどちらかといえば雷撃機を重視しているのに対して、アメリカは雷撃機も開発しておりますが、あきらかに急降下爆撃を重視しております」

帝国海軍が仮想敵国としているのは、いうまでもなく米国および米海軍である。

その米海軍が雷撃機よりも急降下爆撃機の開発にチカラを入れているというのだから、日本の空母は米軍爆撃機への対策として、英空母と同じように、飛行甲板に装甲を設けておいてしかるべきだった。

和田の報告を聞いて、山本五十六も〝装甲空母の建造が必要だ!〟と思い始めている。

その報告が追い風となり、「マル四計画」ではいよいよ本格的な装甲空母が建造されることになったが、そこで俄然、問題視され始めたのが「マル三計画」で建造に着手したばかりの翔鶴型空母であった。

翔鶴型空母は、蒼龍、飛龍型空母を拡大改良した期待の新鋭艦だが、飛行甲板に一切装甲が施されておらず、急降下爆撃に対する防御が欠如している。

一番艦「翔鶴」はこの一二月一二日に横須賀工廠ですでに起工されており、二番艦「瑞鶴」は神戸川崎造船所で昭和一三年五月に起工される予定となっていた。

二隻とも装甲空母にしたいところだが、飛行甲板に装甲を張ると艦の重心が高くなり、復元力が低下する。これを防ぐには艦底にバラストを設けるしかないが、重量が大幅に増えると速度が低下してしまう。

出来るだけ重量増加を抑えたいが、海軍は数年前に相次いで「友鶴《ともつる》事件」と「第四艦隊事件」を起こしており、このとき艦政本部は復元性の維持を極度にもとめられていた。

重いバラストを取り付ければ艦の重心は下げられるが、速度が大幅に低下するようでは空母としての機動力を維持できない。

あちらを立てればこちらが立たずで、じつに悩ましいところだが、ここで一計を案じたのが、軍務局・第一課A局員となっていた山本善雄中佐であった。

「一一月に進水した『飛龍』を改造し、まず試してみましょう。ほぼ同型の『蒼龍』では良好な試験結果が出ておりますから、『飛龍』の艦底にバラストを設けて艦の安定化を図り、まず五〇〇ポンド爆弾に耐え得る程度の装甲を飛行甲板に張ってみるのです。……『飛龍』の竣工予定は昭和一四年七月ごろですが、『龍驤』のバラスト追加工事は三ヵ月程度で終えておりますので、『飛龍』の装甲化も一四年一〇月ごろには終わるでしょう。そして『飛龍』の運用実績を見ながら、ちょうどそのころに進水する翔鶴型空母の装甲厚を決め、艤装《ぎそう》をおこなうのです」

これを聞いた軍務局長の井上少将は、さっそく艦政本部へ向かい、総務部長の岩村少将にこのアイデアを告げた。蛇足だが、井上と岩村は海兵同期でじつに馬が合う。装甲空母に魅力を感じていた岩村は、このときもただちに軍務局側の提案を容れ、上田宗重《むねしげ》・艦政本部長の同意を得た上で第四部に「飛龍」の改造を打診した。

そして、艦政本部・第四部で検討を進めたところ、「飛龍」に対五〇〇ポンド爆弾防御（飛行甲板装甲三八ミリ）を施すと、排水量が約一五〇〇トン増加する、という試算が得られた。

飛行甲板に施す装甲重量がおよそ七五〇トンに及び、それに見合う重さのバラストを艦底に取り付けて高重心化を防ごうというのであった。

逆にいえば、一五〇〇トン以上の重量増加を強いるような装甲をいきなり「飛龍」に施すのは冒険的すぎるし、速度がかなり低下する、というのが第四部の出した結論だった。

　また、翔鶴型についても同様の試算をおこなったところ、対五〇〇ポンド爆弾防御（飛行甲板装甲三八ミリ）を施すと、排水量が一八〇〇トンほど増加する、という結果が得られた。

　艦体が「飛龍」よりも大きい、その分、重量が三〇〇トンほど増加するが、その内訳は飛行甲板の装甲に約九〇〇トン、バラスト重量も同じく約九〇〇トンが必要、と見積もられた。

　ただし翔鶴型空母は、装甲化された「飛龍」の運用実績をみてから艤装をおこなえる。

　対五〇〇ポンド爆弾防御ではいかにももの足りないため、もし、「飛龍」の復元力に余裕があるなら、翔鶴型にはさらに欲張った装甲を飛行甲板に施してやろう、というのであった。

飛龍型／準装甲空母（マル二計画）一隻
　基準排水量／一万八八〇〇トン
　全長／二二七・三五メートル
　全幅／三五・〇六メートル
　飛行甲板・装甲／三八ミリ
　飛行甲板・全長／二一六・九メートル
　飛行甲板・全幅／二七・〇メートル
　機関出力／一五万三〇〇〇馬力
　最大速力／時速三四・〇ノット
　航続距離／一八ノットで八五〇〇海里
　武装①／一二・七センチ連装高角砲×六基
　武装②／二五ミリ三連装機銃×一四基
　搭載機数／約五五機（零戦など搭載時）
〔同型艦〕「飛龍」のみ

実験艦の指定を受けた「飛龍」は、昭和一三年二月より改造に着手し、昭和一四年一〇月一日に竣工、飛行甲板に三八ミリの装甲を施した準装甲空母として誕生した。

その後「飛龍」は二ヵ月ほど掛けて訓練をおこない、悪条件（荒天）下においても強いて過酷な運転を実施し、充分な復元力を有していることが確認された。

それもそのはず。「飛龍」は準同型艦の「蒼龍」に比べると、排水量が二九〇〇トンほど増えており、増加した重量のうちの二〇〇〇トン以上を艦の安定化にふり向けていたのである。

——よし、これならいける！

実験艦「飛龍」の運転結果で確信を得た帝国海軍は、翔鶴型空母の飛行甲板には、より野心的な装甲を施すことに決めた。

ほぼ同時期に就役するイラストリアス級英空母が飛行甲板に堅牢な装甲を施しているため、竣工した時点で「翔鶴」「瑞鶴」は、防御力において早くも〝三流〟の烙印《らくいん》を押されかねない。

そこで「翔鶴」「瑞鶴」には、「飛龍」での結果を踏まえ、飛行甲板に二〇ミリの装甲を追加して五八ミリの鋼鈑を張りめぐらすことにした。

本音をいえば、対一〇〇〇ポンド爆弾防御とするために、イラストリアス級空母と同じ七五ミリ程度の装甲を張りたいところではあったが、それには、さらにバラストを追加せねばならず、工期が延びるし、排水量も増えて速度低下をまねいてしまう。そこで「飛龍」での実験結果を踏まえてバラストは九〇〇トンのまとし、復元力を充分に保てる範囲内で、五八ミリの装甲を施すことにしたのである。

この変更によって、翔鶴型空母の重量増加分は一八〇〇トンで済まず、さらに四七〇トンほど増えて二二七五トンとなり、空母「翔鶴」「瑞鶴」の竣工時の基準排水量は二万七九五〇トンとなっていた。

翔鶴型／装甲空母（マル三計画）二隻
基準排水量／二万七九五〇トン
全長／二五七・五〇メートル
全幅／三六・五八メートル
飛行甲板・装甲／五八ミリ（三八＋二〇）
飛行甲板・全長／二四二・二メートル
飛行甲板・全幅／二九・〇メートル
機関出力／一六万馬力
最大速力／時速三三・七ノット
航続距離／一八ノットで九七〇〇海里
武装①／一二・七センチ連装高角砲×八基
武装②／二五ミリ三連装機銃×一六基
搭載機数／約六五機（零戦など搭載時）
〔同型艦〕「翔鶴」「瑞鶴」

翔鶴型の設計は建造中に見なおされ、飛行甲板中央のエレベーター一基が廃止されて、航空機用エレベーターは前後の二基となっている。

エレベーターに装甲を施すのはむつかしく防御上の弱点となるためだが、一番艦の「翔鶴」は昭和一四年八月二二日に進水して、昭和一六年八月二八日に竣工し、二番艦の「瑞鶴」は昭和一四年一一月二七日に進水して、昭和一六年九月二五日に竣工することになる。

飛行甲板装甲化の影響を受け、翔鶴型装甲空母の搭載機数は若干減少していた。

4

肝心の「マル四計画」は昭和一三年一〇月に策定されたが、建造される主力艦が当初案の三隻から四隻へ増えることになり、その費用を捻出するため新たに軽巡一隻、駆逐艦二隻、潜水艦二隻が計画から削除された。

第四次海軍充実計画・通称「マル四計画」
・戦艦／大和型（六万四〇〇〇トン）×一隻
・空母／大鳳型（二万九三〇〇トン）×三隻
・軽巡／大淀《おおよど》型（八二〇〇トン）×一隻
／阿賀野《あがの》型（六六〇〇トン）×四隻
・駆逐艦／夕雲型（二一〇〇トン）×一四隻
／島風型（二四〇〇トン）×一隻
／秋月型（二六〇〇トン）×六隻
・潜水艦／伊九型（二六〇〇トン）×一隻
／伊一五型（二二〇〇トン）×一四隻
／海大七型（一六〇〇トン）×九隻
・航空隊／七五隊整備
※艦型名はすべて仮称、カッコ内トン数はすべて基準排水量

計画の目玉となるのは三隻が建造されることになった大鳳型装甲空母である。

結局「マル四計画」ではなおも大和型戦艦一隻が建造されることになったが、周知のとおり山本五十六・海軍次官と古賀峯一・軍令部次長との話し合いにより、大和型三番艦の建造は後まわしとし、大鳳型装甲空母が優先的に建造されることになった。

大鳳型／重装甲空母（マル四計画）三隻
基準排水量／二万九三〇〇トン
全長／二六〇・六〇メートル
全幅／三六・八六メートル
飛行甲板・装甲／九五ミリ（七五＋二〇）
飛行甲板・全長／二五七・五メートル
飛行甲板・全幅／三〇・〇メートル
機関出力／一六万馬力
最大速力／時速三三・三ノット
航続距離／一八ノットで一万海里
武装①／一〇・〇センチ連装高角砲×六基
武装②／二五ミリ三連装機銃×二二基
搭載機数／約六〇機（零戦など搭載時）
〔同型艦〕「大鳳」「白鳳《はくほう》」「玄鳳《げんぽう》」

成案のはこびとなった「マル四計画」は一〇月一日の海軍高等技術会議で承認され、昭和一三年一二月二六日開会の「第七四回・帝国議会」にて予算が成立した。

大鳳型は文字どおり飛行甲板に九五ミリの装甲を施した〝重装甲〟空母として計画され、五〇〇キログラム爆弾の急降下爆撃に耐え得る設計となっている。

米軍が多用する一〇〇〇ポンド（約四五四キログラム）爆弾の急降下爆撃にももちろん耐え得る防御力を備えており、大鳳型も航空機用エレベーターは前後あわせて二基だが、翔鶴型とはちがいそれらエレベーターにも五〇ミリの装甲が施されていた。

たとえエレベーターに爆弾を喰らっても、大鳳型が致命傷をこうむるようなことはまずない。

ただし、重装甲を施したその分、搭載機数は翔鶴型よりもさらに減少してしまい、六〇機程度となっていた。

搭載機数の減少はおのずと攻撃力の低下をまねくが、この時期、海軍次官と航空本部長を兼務していた山本五十六は、技術部長の和田操と話し合い、艦載機（とくに戦闘機）の本格的な折りたたみ翼化に着目して、将来的には搭載機数の増加を図ろうとしていた。

重装甲空母の一番艦「大鳳」は昭和一五年一月一〇日に横須賀工廠の第二船台で起工され、昭和一六年八月の進水、昭和一七年九月ごろの竣工をめざす。横須賀・第二船台では昭和一四年八月に装甲空母「翔鶴」が進水しており、「大鳳」の建造が可能となっていた。竣工までに要する工期は約二年八ヵ月と見積もられた。

また、横須賀工廠では大和型戦艦を建造するための「第六船渠《せんきょ》」が昭和一五年五月四日に完成しており、その完成と同時に重装甲空母の二番艦となる「白鳳」が起工された。

二番艦「白鳳」は昭和一六年一〇月の進水、昭和一七年一一月ごろの竣工をめざしている。

そのため、本来「第六船渠」で建造されるはずだった大和型三番艦「信濃」は、戦艦「武蔵」を建造した長崎三菱造船所の第二船台で、昭和一五年一二月一日に起工された。「武蔵」は昭和一五年一一月一日に進水式を終えていた。

そして、大鳳型三番艦の「玄鳳」も昭和一五年九月一日に呉工廠の「建造船渠」で起工され、昭和一七年二月の進水、昭和一八年三月ごろの竣工をめざしていた。そこでは「大和」が昭和一五年八月八日に進水式を終えていたのである。

対する米海軍も、昭和一五年に入ると「両洋艦隊法」を成立させて、エセックス級空母の大量建造を決定した。

じつはアメリカ海軍もイラストリアス級空母の建造に触発されて、一九三八年（昭和一三年）ごろから装甲空母建造の是非について研究を開始していた。そしてほかでもない、フランクリン・D・ルーズベルト自身は、〝将来は装甲空母が必要になるだろう……〟と思い始めていた。

ところが、海軍省の建艦当局は、搭載機数の減少と排水量の増加を問題視して、結局、飛行甲板に装甲を持たないエセックス級空母の大量建造を決めたのだった。

こうして日米両海軍は、空母の建造においておよそ異なる思想を持ち、別々の道をあゆみ始めることになる。

米海軍は大量の艦載機を積むことで空母の脆弱《ぜいじゃく》性《せい》をおぎなえると考えたのだが、エセックス級空母が次々に竣工して来ると、日本はいずれ空母の保有数において、米国に大きく後れを取ることが目に見えていた。

そこで、将来的な空母不足を少しでもおぎなうために、昭和一五年九月一日に出師準備「第一着作業」が発動されると、帝国海軍は空母予備艦に指定されていた貨客船「出雲丸（飛鷹）」と「橿原丸《かしはら》（隼鷹）」を高速化した上で、装甲空母へ改造することにした。

それでも米空母の圧倒的な建造数には及ばないが、翔鶴型以降に計画された帝国海軍の一線級空母は、これで翔鶴型二隻、大鳳型三隻、飛鷹型二隻の計七隻となり、飛行甲板の装甲化で米海軍になんとか対抗しようというのであった。

フランクリン・D・ルーズベルトはやはり大統領に三選された。新聞に載せられたその顔写真を見て、水野義人は、桑原虎雄に向かって〝死相が現れている〟とつぶやいた。

昭和一五年九月二七日に「日独伊三国同盟」が締結されると、日本は、対米戦への坂道を一気に転がり落ちてゆくことになる。

山本五十六は昭和一四年八月に連合艦隊司令長官となり、昭和一五年一一月一五日付けで大将に昇進していた。

昭和一六年（一九四一年）一二月八日の開戦はもはや避けられなかった。

第二章　翔鶴型／装甲空母

1

一九四一年（昭和一六年）一二月八日。ハワイ現地時間で一二月七日・朝——。

日本の連合艦隊にその気があれば、ハワイが攻撃を受ける可能性は〝充分にあるだろう〟とルーズベルトはみていた。しかし、それでもルーズベルトは太平洋の全軍に布告した。

——日本軍に先制攻撃の機会をゆずれ！

ただし、空母がやられては困るので「エンタープライズ」と「レキシントン」は、事前に洋上へ逃がしておいた。

はたして日本は、この餌に喰い付いた。

——日本軍機動部隊の実力がいかほどか知らないが、旧式の戦艦を二隻ほど差し出せば、裏口から参戦できるだろう。

ルーズベルトはそうもくろんでいたが、空母六隻から飛び立った日本の攻撃機はルーズベルトの予想を凌《しの》ぐ戦果を挙げた。

真珠湾に居並ぶ米戦艦八隻のうちの四隻を撃沈し、一隻を大破、さらに二隻を中破して、残るもう一隻も小破してみせた。飛行場配備の米軍機も二〇〇機以上を破壊したが、南雲忠一中将の機動部隊は二九機を失ったのみで、空母六隻はまったくの無傷であった。

——いかん！　うかうかしていると「エンタープライズ」「レキシントン」もやられるぞ！

ルーズベルトはこの日、日が沈むまではまったく気が気でなかった。

味方空母二隻はハワイ周辺で行動している。二空母が沈められるようなことになれば〝出血大サービス〟となり、せっかくのもくろみが外れて、緒戦から大赤字となるのだ。

ルーズベルトは空母が無事であることを祈っていたが、南雲忠一には、この千載一遇の好機を活かす、その覚悟がなかった。

空母「飛龍」「翔鶴」「瑞鶴」の飛行甲板には装甲が施されている。この三空母を敵方へ近づけて米空母をおびき出し、一時的であるにせよ太平洋から米空母を一掃することも、あながち不可能ではなかった。

空母「エンタープライズ」「レキシントン」は別個に行動しており、オアフ島近海で南雲が二日も粘っておれば、両空母とも撃沈することができた可能性がかなり高い。

その場合、装甲空母三隻のうちの一隻が傷付くようなことはあってもおそらく沈められるようなことはなく、ほぼ完全な勝利をおさめていたのにちがいなかった。

けれども南雲には、せっかくの好機を活かし切る、その度胸がなかった。

機動部隊の旗艦・空母「赤城」のマストに〝引き揚げ！〟を命じる信号旗が揚がると、第二航空戦隊司令官の山口多聞少将は、首をかしげざるをえなかった。

——なんだ！　もう帰るのか？　米空母をやるために出撃して来たのじゃないのかっ⁉

山口は空母「蒼龍」艦上でなおも首をひねっていたが、「蒼龍」「飛龍」の二隻だけでハワイ沖にとどまるわけにもいかず、そこはぐっとこらえて命令に従った。

翌朝には、オアフ島周辺から日本軍機動部隊のすがたが消えており、ルーズベルトはそれでひとまず胸をなでおろした。

――日本軍機の練度は高い……。予想外の出血を強《し》いられたが、空母は健在だし、最も欲しいものを手に入れることができた……。

ルーズベルトが最も欲していたものはいうまでもなく第二次大戦への〝参戦〟だった。この男は歴代アメリカ大統領のなかで、他国民もふくめれば、最も多くの屍《しかばね》を築くことになる。

その顔に〝死相〟が現れていても、何らふしぎではなかった。

ルーズベルトが〝日本軍機の練度は高い〟とみたのは、敵ながら殊勝なことで、いかにも正鵠《せいこく》を射《い》ていた。

およそ二日後には、はるか五七〇〇海里ほど離れたマレー半島沖で、洋上行動中の英戦艦「プリンスオブウェールズ」と「レパルス」が、今度は日本軍基地航空隊から空襲を受け、ものの見事に二隻とも撃沈されたのだ。

これで、洋上行動中の戦艦を〝航空攻撃のみで沈めるのは不可能だ〟という神話が崩れ、まさに航空主兵の時代が到来した。

開戦から三日と経たずして、味方海軍航空隊が米英の戦艦を立て続けに六隻も沈めることに成功し、海軍大臣の嶋田繁太郎《しげたろう》は〝山本五十六の言い分が正しかったのだ！〟と、この結果をすなおに受け容れた。

先の「マル四計画」で建造を決めた、大和型三番艦の措置である。

「三番艦の建造をただちに中止せよ！　いや、たしか、空母への改造案が出されていたな……。よし、空母だ。同艦を可及的すみやかに装甲空母へ改造せよ！」

およそ三年前に作成されたその改造案では、装甲空母への改造と同時に速度向上も図られることになっていた。

昭和一六年末のこの時点で大和型三番艦の船体は工事がすでに半分程度まで進捗《しんちょく》していたが、同艦の機関を、充分な信頼性を確立していた陽炎型《かげろうがた》駆逐艦四隻分の主機に換装し、速力三〇ノットをめざそうというのであった。

三番艦はいまだ進水しておらず、主機換装時の設計図もすっかり出来上がっていた。

おそらく三ヵ月ほどの工期延長で速度向上を図れるのにちがいなく、昭和一八年六月ごろの進水をめざし、昭和一九年秋口には装甲空母に改造できるだろうと考えられた。

進水後の艤装工事については、主砲やそれに伴う射撃装置など複雑な構造を持つ戦艦として完成させるよりも、空母に改造したほうが、はるかに少ない工程で済む。

それでも、完成まで三年半以上の歳月を費やすことになるが、結局、大和型三番艦は戦艦として陽の目を見ることがなく、二番艦の「武蔵」が事実上、帝国海軍が〝最後に建造した戦艦〟となるのであった。

「嶋ハンも意外とわかっているじゃないか……」

山本はむろんこの決定を歓迎し、人知れずそうつぶやいた。

2

真珠湾攻撃から帰投した南雲機動部隊は、昭和一七年の年明けから東奔西走し、南方資源地帯やラバウルの攻略などを支援、二月中旬には豪州のポートダーウィンを空襲した。

南方作戦支援中に空母「加賀」がパラオで座礁事故を起こしたものの、残る「赤城」「蒼龍」「飛龍」「翔鶴」「瑞鶴」の五空母は、四月にはインド洋へ進出し、英空母「ハーミズ」や英重巡「ドーセットシャー」「コンウォール」を轟沈《ごうちん》してみせるという戦果を挙げた。

同時に五空母の艦載機は、セイロン島のコロンボなど重要拠点も空襲し、東インド洋から英軍の航空兵力や輸送船などを一掃した。

日本軍機動部隊の猛攻に恐れをなしたイギリス東洋艦隊は終始、兵力の温存を図り、イラストリアス級空母が日本の空母に戦いを挑んで来るようなことはついになかった。

東洋艦隊はセイロン島をあっさり捨て、艦隊根拠地をマダガスカル島へと移した。以後、英艦隊は一九四四年の終わりごろまで、すっかり鳴りをひそめることになる。

開戦から約四ヵ月が経過して、南雲機動部隊は太平洋、インド洋を股に掛けてまさに八面六臂の活躍ぶりを示して来た。およそ二線級の敵ばかりを相手にし、もはや南雲部隊の将兵には驕《おご》りの気配が見え隠れし始めていたが、肝心の米空母とはいまだ一戦もまじえていなかった。

だが、昭和一七年五月には、ついに装甲空母の真価を試すべき時がやって来た。

ニューギニア島・南東端のポートモレスビーを攻略するために、トラック基地から装甲空母「翔鶴」「瑞鶴」および軽空母「祥鳳《しょうほう》」がサンゴ海へ出撃してゆくと、米海軍は日本の攻撃を阻止するために、果敢にも「ヨークタウン」と「レキシントン」に出撃を命じ、南太平洋へ両空母を派遣して来た。

そして「珊瑚《さんご》海《かい》海戦」が生起するが、五月七日の戦いは、日本側の索敵不足がたたって米空母を取り逃し、帝国海軍はあえなく軽空母「祥鳳」を沈められてしまう。

五月八日は仕切り直しとなり、日米両艦隊はほぼ同時に索敵を開始して、世界初となる〝空母対空母〟の戦いが始まった。空母数も一線級の空母が〝二対二〟とまったくの互角であり、放った攻撃機の数もおよそ拮抗していた。

四月一八日には東京が空襲を受け、日本近海に二隻の米空母が現れたことをきっちりと確認していた。そのため連合艦隊は、米空母二隻がサンゴ海へ現れたことにまず驚いたが、航空隊の技量はやはり帝国海軍のほうが一枚上だった。

空母「翔鶴」「瑞鶴」は二波に分けて全力攻撃をおこない、攻撃隊は「レキシントン」に爆弾二発と魚雷二本、「ヨークタウン」にも爆弾一発を命中させて、見事「レキシントン」を撃沈することに成功した。

また、「ヨークタウン」も三罐室《かましつ》を破壊されて速度が二四ノットに低下。日の丸飛行隊は見事「祥鳳」の仇討《あだう》ちを果たしてみせたが、米空母はすでにレーダーを装備しており、両空母を空襲した日本軍攻撃隊は多数のグラマンから迎撃に遭い、膨大な損害機数を計上してしまった。

しかも、米軍攻撃隊の技量は日本側が考えていたほど劣弱ではなかった。

スコールのなかへ逃げ込んだ「瑞鶴」は爆撃を受けずに済んだ。一方の「翔鶴」は絶好の標的となり、米軍攻撃隊から集中攻撃を受けた。

敵機が「翔鶴」へ群がるが、上空直衛の零戦が獅子奮迅の働きぶりを示し、すでに旧式化しつつあったデヴァステイター雷撃機は、「翔鶴」へ一切寄せ付けず、すべて撃退してみせた。

だが、ドーントレス爆撃機は数が多くて動きもすばやく、さしもの零戦もその攻撃をすべて阻止することはできなかった。

敵爆撃機が一斉に降下して来る。米軍パイロットも勇敢だが、健脚の「翔鶴」は三〇ノット以上の高速で爆弾をかわし続け、一〇発以上の爆弾を回避、直撃を避けていた。

しかし、ついに力が及ばず、一〇〇〇ポンド爆弾三発を喰らってしまった。

一発目は飛行甲板・前部に命中して炸裂し、その後方に在った航空機用エレベーターをいびつに歪《ゆが》めた。艦上からもうもうたる黒煙が昇り、他艦の乗員は〝どうなることか……〟と肝を冷やしてみていたが、「翔鶴」の飛行甲板には五八ミリの装甲が施されている。

一瞬時が止まったように感じたが、その爆弾は飛行甲板ちかくで炸裂し、上部格納庫で火災が発生したにとどまった。いや、飛行甲板も陥没したが、火は五分後に消し止められて、陥没した穴も一五分ほどで塞げそうだった。穴を塞ぎさえすれば、艦載機の運用は可能になる。

続いて二発目は、「翔鶴」の最後部、甲板の上の短艇に命中し、大事とならずに済んだ。

けれども、三発目の命中がいけなかった。

艦橋後方の信号マスト付近に命中したその爆弾は、すこし後れて到着した後発のドーントレスが投じたもので、「翔鶴」が一発目の命中弾を受けてから、すでに一〇分以上が経過していた。

飛行甲板・前部の穴はまもなく塞がれようとしていたが、三発目の命中弾も飛行甲板を貫いた直後に炸裂し、飛行甲板の中央右寄りでふたつ目の穴が開いた。

五八ミリの装甲が効いて下部格納庫には被害が及ばなかったものの、上部格納庫で再び火災が発生し、ふたつ目の穴を塞ぐまで、「翔鶴」は着艦不能となってしまった。

そのとき「瑞鶴」からは、水平線上に旗艦のマストだけが見えていたが、「翔鶴」から再び火柱があがり、黒煙に包まれるのが確認できた。


——いかん、「翔鶴」がまたもや爆撃を受けた！沈むのじゃないか……。

そして間の悪いことに、米空母を空襲した味方攻撃隊が、ちょうどこのとき艦隊上空へ帰投しつつあり、「翔鶴」が再び着艦不能の状態におちいったため、それら帰投機が「瑞鶴」の方へ殺到して来たのである。

肝心の「翔鶴」は、ひとつ目の穴はあと五分もあれば塞げそうだったが、上部格納庫で発生した火災をまず消さなければ、ふたつ目の穴を塞ぐこともできなかった。幸い、火災は沈静化し始めたが、ふたつ目の穴を塞いで「翔鶴」を着艦可能な状態へ復旧するには、急いでも〝三〇分ちかくは掛かるだろう〟と思われた。

帰投して来た攻撃機はそのほとんどが被弾しており、もはやガソリンを使い果たしている。三〇分も上空でガソリンを浪費しているような余裕はなく、みなが争うようにして、無傷の「瑞鶴」に着艦をもとめて来た。

まもなく消火に成功して、「翔鶴」は穴を塞ぎ始めたが、結局、間に合わなかった。

帰投機の全機が「瑞鶴」に着艦した。それはよかったが、「瑞鶴」は二隻分の艦載機を急いで収容したため、本来なら修理できるはずの機を、海へ投棄せざるをえなかった。

もはや米軍爆撃機は上空からすっかりすがたを消している。

二五分ほどでようやく「翔鶴」は、飛行甲板の応急修理を終えて、まもなく直掩《ちよくえん》戦闘機の収容を開始した。同艦はいまなお三〇ノット以上での航行が可能であり、一五機程度なら攻撃機の発進もできそうだった。

五八ミリの装甲は決してムダではなく、機関や弾倉庫に被害の及ばなかった「翔鶴」は、戦闘力こそ半減したものの、作戦可能な状態をしっかり維持していた。

しかし、残念ながら復旧が遅すぎた。

海へ投棄した攻撃機は一〇機を超えており、今や、「翔鶴」「瑞鶴」の艦上に残された航空兵力は零戦二四機、艦爆九機、艦攻六機の合わせて三九機となっていた。

しかも、飛行隊は高橋赫一《かくいち》少佐をはじめとする優秀な搭乗員を数多く失い、駆逐艦の燃料も残り少なくなってきた。

そのため、第五航空戦隊司令官の原忠一《ちゆういち》少将は追撃を断念し、南洋部隊の総指揮を執る井上成美中将も、それを追認して「ポートモレスビー攻略作戦」の中止を命じたのである。

3

五航戦の「翔鶴」と「瑞鶴」が呉へ帰投して来たのは、五月一七日・夕刻のことだった。

二航戦司令官の山口少将も連合艦隊の幕僚らとともに「翔鶴」の被害状況を視察したが、一見すると、「翔鶴」の被害は大したことがないように思われた。しかし、近づいてよく見てみると、飛行甲板はやはり継ぎ接ぎだらけで、相当に傷付いていた。

——なるほど、これじゃ、ミッドウェイに連れてゆくのは無理だろう……。

山口もそう思ったが、次の作戦にはどの道、中型空母一隻分程度の航空兵力しか準備できなかったので、「翔鶴」は不参加となった。

それら準備可能な航空兵力は「瑞鶴」へ搭載することになり、連合艦隊首席参謀の黒島亀人大佐は、「瑞鶴」「龍驤」の二空母をアリューシャン方面へ出撃させるという計画を立てた。

——なんだ！　次もまた、味方空母を分散させるのか！

この運用法に山口は首をかしげざるをえなかった。山口は、サンゴ海へ五航戦のみを派遣するという方針にも反対していたが、もはや〝決まったこと〟として、連合艦隊司令部はまるで聞く耳を持たなかった。

実際、五航戦のみをサンゴ海へ差し向けたのは中途半端だった。いまだだれ一人として気付いていなかったが、「翔鶴」はひとつまちがえば、じつは沈没していてもおかしくなかった。

敵潜水艦に付け狙われていたのである。

飛行甲板の装甲はやはり有効で、もし機関などに損害を受けて「翔鶴」の速力が二〇ノット程度まで低下していたとしたら、潮岬《しおのみさき》の南方洋上で米潜水艦「トライトン」から雷撃を受け、大損害をこうむっていた可能性が高い。

五月一六日に「トライトン」が「翔鶴」を発見したとき、双方の距離は六〇〇〇メートルほどしか離れていなかった。「トライトン」は、速力一九ノットで追尾に入ったが、結局「翔鶴」を捉えることができなかったのだ。

翌一七日には、九州南東沖で「伊一六四」潜水艦が「トライトン」から雷撃を受け、沈められてしまっている。米海軍はこのとき魚雷不備問題に悩まされていたが、「トライトン」が搭載していた魚雷はきっちり炸裂したのだから、「翔鶴」も実際危ないところだった。

敵潜の追撃をかわした「翔鶴」は、無事に呉へ入港し、呉工廠で修理を受けることになった。

空母「翔鶴」の母港は本来横須賀だが、横須賀では、軽空母「龍鳳」が東京空襲のあおりを喰って修理中だったし、重装甲空母「大鳳」「白鳳」の建造を急いでいたので、「翔鶴」の修理をおこなう余裕がなかった。

呉工廠で被害状況を精査したところ、「翔鶴」は飛行甲板を破壊されたものの、被害は上部格納庫以上にとどまり、下部格納庫より下はほぼ無傷の状態をたもっていた。

五八ミリの装甲では一〇〇〇ポンド爆弾の直撃に耐えることはできなかったが、被害を局限することはでき、現に「翔鶴」は、応急修理後、艦載機の発着艦を可能にし、一定程度の〝防御効果はみられる〟との結論が出された。

診断の結果、「翔鶴」の完全修理には〝二ヵ月が必要〟との判定が下された。

山口少将が「翔鶴」の視察を終えて「蒼龍」へもどると、蒼龍艦長の柳本柳作大佐がおもむろに進言した。

「司令官。次の作戦では旗艦を『飛龍』に変更されてはいかがですか?」

「なぜかね?」

山口が目をまるめて訊ねると、柳本は、すこし考えてから答えた。

「……いえ、とくに理由というほどのものはありませんが、半年以上も旗艦を務めて『蒼龍』の士気は随分、上がっております。『飛龍』には装甲も張られていることですし、士気向上のためにも旗艦をいちど『飛龍』に変更してみてはどうか、とそう思ったまでです」

言われてみれば〝そうか……〟と思い、山口はこの進言をすなおに容れて、座乗艦を「飛龍」に変更した。

そしてこの変更が、「飛龍」と「蒼龍」の運命を分けることになる。

出撃の時はもはや迫っていた。

連合艦隊のだれもが、サンゴ海で〝米空母二隻をやっつけた!〟と信じており、まさかミッドウェイ方面へ米空母が〝出て来るわけがない!〟と信じ切っていた。

本来は「翔鶴」も作戦に参加することになっていたが、傷付いた同艦を、急いで修理するような理由はまったくなかった。

しかし米軍は、それとは対称的に空母「ヨークタウン」をまたたく間に修理して、手ぐすね引いて待っていた。

五月二七日・日本時間で午前八時過ぎ。南雲忠一中将の率いる主力空母四隻は、満を持して瀬戸内海から出撃した。

山口少将は、なにやら不吉な予感を覚えながらも、「蒼龍」とはひと味違う「飛龍」の飛行甲板を艦橋から見下ろしていた。

その飛行甲板はまばゆい朝日に照らされ、いぶし銀に光っていた。

第三章　飛鷹型／装甲空母

1

完全な負け戦《いくさ》となり、内地へ帰り着くまでの道すがら、山口は時間というものを、これほど長く感じたことはなかった。

座乗する「飛龍」の艦橋でも、みなが意気消沈となって押し黙っている。僚艦「蒼龍」だけでなく「赤城」と「加賀」も失ったのだから、みなが無口になるのは無理もない。

南雲機動部隊は軍容落莫《らくばく》とし、出撃時の威容はまったく見る影もなかった。

――「飛龍」だけはなんとしても、生きて内地へもどさねばならん！

南雲部隊の全艦艇で「飛龍」を取り囲み、ただひたすらに故国・日本をめざしている。

幸い「飛龍」は時速二四ノットでの航行が可能で、戦艦「霧島」「榛名」をはじめとする護衛艦艇の各艦長は、万一、敵潜水艦が出現したような場合には、みずからが「飛龍」の〝身代わりになってやる！〟との思いで、「飛龍」の前後左右をがっちりと固めていた。

その甲斐あって、南雲部隊は六月一四日の正午過ぎに瀬戸内海へ入り、「飛龍」も駆逐艦に付き添われながら、午後四時半過ぎには呉の柱島錨地《びょうち》へたどり着いた。

空母「飛龍」は横須賀で建造されたが、母港は佐世保である。

呉で修理をやれなくもないが、「翔鶴」がいまだ修理中のため、「飛龍」はやはり佐世保へもどして修理することにした。

ちなみに、戦艦「武蔵」はすでに試運転で速力二七・五ノットを記録しており、八月五日に呉で竣工することになる。

「飛龍」を修理する佐世保では現在、装甲空母へ改造中の「隼鷹」が艤装中《ぎそうちゅう》で、八月三日に晴れて竣工する予定となっている。また「飛鷹」も、神戸川崎造船所で艤装中であり、八月二〇日前後の竣工をめざしていた。

飛鷹型／装甲空母（貨客船改造）二隻
基準排水量／二万五九五〇トン
全長／二一九・三二メートル
全幅／三五・六〇メートル
飛行甲板・装甲／五八ミリ（三八＋二〇）
飛行甲板・全長／二一〇・三メートル
飛行甲板・全幅／二七・三メートル
機関出力／一〇万四〇〇〇馬力
最大速力／時速二九・二ノット
航続距離／一八ノットで一万海里
武装①／一二・七センチ連装高角砲×六基
武装②／二五ミリ三連装機銃×一二基
搭載機数／約四五機（零戦など搭載時）
〔同型艦〕「飛鷹」「隼鷹」

飛鷹型もまた、翔鶴型と同様、飛行甲板中央のエレベーターは廃止されており、航空機用エレベーターは前後の二基となっている。

実験艦「飛龍」での運用結果により、飛鷹型空母の飛行甲板にも五八ミリの鋼鈑を張ることになり、装甲空母「飛鷹」「隼鷹」の重量は一八〇〇トンほど増えて、基準排水量が二万五九五〇トンとなっている。

同時に主機も陽炎型駆逐艦二隻分の機関に換装しており、「飛鷹」「隼鷹」は改造後、二九・二ノットの最大速力を発揮できるようになる。

飛鷹型は、一線級の空母として飛行甲板装甲や速度向上の工事を当初案より追加したため、改造工事を完了するのに二年ちかくもの歳月を要することになった。

しかし両空母が八月中に竣工すれば、ミッドウェイで喪失した三空母の穴をどうにか補える。

飛行甲板装甲化の影響を受け、飛鷹型装甲空母の搭載機数もまた、若干減少していた。

いっぽう、問題となるのは大破にちかい損害を受けた「飛龍」の修理である。

佐世保へ回航して「飛龍」の被害状況を詳しく調査したところ、完全復旧には〝およそ五ヵ月を要する〟との診断が下された。

しかし、三八ミリの装甲では一〇〇〇ポンド爆弾の直撃に対して、まったくもの足りないことが先の海戦で判明した。そこで「飛龍」にも二〇ミリの装甲を追加して、翔鶴、飛鷹型と同じ五八ミリの装甲を施すことにした。

修理のついでにせっかくだから本格的な装甲空母に改造してやろうというのだが、装甲を追加した結果、「飛龍」の排水量はさらに四〇〇トンほど増えて基準排水量一万九二〇〇トンとなり、その分速度が低下して、最大速力は三三・九ノットになると試算された。

飛龍型／装甲空母（ミッドウェイ戦後）一隻
　基準排水量／一万九二〇〇トン
　全長／二二七・三五メートル
　全幅／三五・〇六メートル
　飛行甲板・装甲／五八ミリ（三八＋二〇）
　飛行甲板・全長／二一六・九メートル
　飛行甲板・全幅／二七・〇メートル
　機関出力／一五万三〇〇〇馬力
　最大速力／時速三三・九ノット
　航続距離／一八ノットで八五〇〇海里
　武装①／一二・七センチ連装高角砲×六基
　武装②／二五ミリ三連装機銃×一四基
　搭載機数／約五五機（零戦など搭載時）
〔同型艦〕「飛龍」のみ

　装甲空母「飛龍」もまた、この改造を機に飛行甲板中央のエレベーターを廃止して航空機用エレベーターを二基とし、三連装機銃を若干増設して一四基で計四二挺とした。

　そして、完全修理と飛行甲板の追加装甲化などを「飛龍」で実施するには〝およそ八ヵ月の工期を要する〟との結論が導き出された。

　むろん連合艦隊は改造を希《のぞ》んでおり、飛行甲板に五八ミリの装甲を施すことになった「飛龍」は昭和一八年三月の竣工をめざし、六月二八日から佐世保工廠で改造工事に着手した。

　こうして「飛龍」以降に建造された中型以上の空母はすべて、飛行甲板に本格的な装甲を持つ、装甲空母として生まれ変わることになる。

　帝国海軍は世界に先駆けて〝装甲空母大国〟としての道をあゆみ始めた。

山口は意表を突かれて目をまるくした。もちろん連合艦隊参謀長を引き受けるのはやぶさかではないが、いまは海兵同期の宇垣纏《うがきまとめ》がその職を務めている。

山口が口を閉じたままなので、山本がしびれを切らして言った。

「……宇垣にもそろそろ航空戦を経験させておく必要がある。二航戦ばかりか一航戦も解隊せざるをえず、機動部隊の再編が急務だ！　……それをきみにやってもらう」

山本が言うとおり、宇垣纏は第二六航空戦隊の司令官に就任することが決まっていた。ラバウルへ進出する予定の基地航空隊だが、畑違いの者に航空職を経験させる場合、まずは基地航空隊で勤務させる、というのが帝国海軍の〝ならわし〟になっていた。

2

沈没した「蒼龍」はいうまでもなく「飛龍」もまた一旦戦力外となり、山口少将は乗るべき艦を無くして、ため息を吐いた。

――こりゃ、おまんまの食い上げだな……。

二航戦は事実上、解隊だが、山口ほどの傑物を連合艦隊が放っておくはずもなかった。

本格装甲化の決まった「飛龍」が、佐世保へ向かう前日の六月二五日、山本長官から山口に呼び出しが掛かった。

なにごとかと思い、山口が「大和」へ出向いてゆくと、山本長官から開口一番に告げられた。

「おい。嶋ハンに言って、きみを参謀長にもらうことにした。……嫌とは言わせんぞ！」

二六航戦は開隊したばかりで戦力が充分にそろっておらず、いましばらく、三ヵ月ほどは内地で訓練を続けることになっていた。

長官たっての就任要請だ。すでに宇垣の処遇が決まっているなら、参謀長への就任を断る理由はなにもなかった。

「……わかりました。たしかに機動部隊の再建は急務です」

山口がうなずくと、山本も満足げにうなずいて言及した。

「承知のとおり、ただちに作戦可能な空母は『瑞鶴』『龍驤』『瑞鳳』の三隻しかない」

そのとおりで主力の三空母が沈没し、「祥鳳」も沈没を余儀なくされた。加えて「翔鶴」の修理はいまだ終わっておらず、「飛龍」も八ヵ月にわたって戦力外となる。

「……『翔鶴』の修理はいつ、終わりますか?」

「七月二〇日前後になるだろう」

山本が即答し、それにうなずくと山口は、さらに質問した。

「貨客船改造の二隻はどうでしょう、いつごろ竣工しますか?」

むろん「飛鷹」「隼鷹」のことで、山本はこれにも即答した。

「八月初旬には『隼鷹』が竣工し、『飛鷹』も八月二〇日前後には竣工するだろう。……加えて九月はじめには、マル四計画の一番手で重装甲の『大鳳』も竣工する」

山本の言うとおりで、重装甲空母「大鳳」は昭和一五年一月に起工され、昭和一六年八月五日に進水。この九月はじめには早くも竣工する予定となっていた。

工期は二年八ヵ月だが、マル四計画の一番手で建造されており、大和型三番艦の起工を後まわしにしたのがやはり正解だったといえる。

山口も大きくうなずいてみせ、九月には味方機動部隊の戦力が充実するのは確実だった。

重装甲を持つ「大鳳」の竣工は頼もしいかぎりだが、それまでまだ三ヵ月もある。いや、最低でも「大鳳」は一ヵ月程度の習熟訓練を実施する必要があるため、機動部隊の戦力がすっかりととのうのは一〇月以降のことになるだろう。

だとすれば、四ヵ月ちかくも先のことだし、さらに重要な問題がもうひとつある。

山口はその点を指摘した。

「空母もそうですが、ミッドウェイ、サンゴ海では優秀な搭乗員を少なからず亡くしました。航空隊の再建も急がねばなりません」

空母の頭数がそろっても搭乗員が足りないようではもちろん意味がない。だが、その点は山本も重々承知していた。

「ああ、そのとおりだ。だから私の言う機動部隊の再建とは、母艦搭乗員の補充、育成が多くを占めている。……それを成し遂げるために、きみを参謀長にもらったようなものだ……」

山本が逆に下駄をあずけると、山口は口をすぼめながら返した。

「そりゃ、訓練次第で、いくらでも尻を叩いてまわりますが、一にも、二にも訓練で、それ以外に特効薬などありません！」

山本が目をまるくしてこれにうなずくと、山口は目をほそめ、切り出した。

「それよりも、参謀長として長官にぜひ、伺っておきたいことがございます」

「……なんだね？」

山本は不審に思い訊き返したが、山口は、思い切って問いただした。

「南雲さんは、……そのままですか？」

一航戦こそ全滅したのだから、山口がそう訊くのも当然だった。

するとは山本は、口をへの字にまげておもむろにつぶやいた。

「……南雲には、もう一度チャンスをやると、約束した……」

山口は南雲の続投を望んでいなかった。山本もそれをうすうす感じており、ばつが悪そうにそうつぶやいた。南雲の続投は不満だが、山口は、むやみに事を荒立てたりはしない。

「そうですか……。約束したものはしかたありませんね……」

山口がまず、そう応じてみせると、山本は口をすぼめながらも内心ほっとした。

しかし山口は、ここが〝肝心！〟と思い定めてきつく念を押した。

「ですが、名誉挽回の機会をあたえるのは〝一回こっきり〟にしていただきたい！　……長官ご自身が〝もう一度〟とおっしゃったのですから、それで充分なはずです」

それはそのとおりだが、山口が妙にしつこく念を押すので、山本は思わず閉口した。

――こりゃ、今度の〝女房〟には、なにかと尻に敷かれそうだな……。

そうは思いながらも、しっかり者の女房をもとめたのはこちらにちがいなく、山本も、せっかくもらった女房に対して、のっけから逆らうわけにもいかなかった。

「……ああ、わかった。チャンスをあたえるのは一度だけにしよう」

南雲との約束もそうだが、それこそ山本五十六は、簡単に約束を破るような男ではない。

その山本から、チャンスをあたえるのは〝一度だけ〟としっかり約束を取り付けたので、山口はそれで満足した。

3

日本の空母ではじめて対空見張り用レーダーを装備したので、「翔鶴」の修理完了はすこし後れて七月三〇日となった。

――よし。「翔鶴」がレーダーを装備したのは心強い。これに「飛鷹」「隼鷹」が加われば、充分に戦えるだろう……。

レーダーの無い「飛龍」が最後にドーントレスから急襲を受けていたので、山口はなおさらそう思った。もし、「飛龍」がレーダーを装備していれば、零戦がもっと早くドーントレスを迎撃していたはずで、爆弾の命中を一発や二発は減らすことができただろう。

帝国海軍の空母もようやくレーダーを装備しつつあり、「翔鶴」「瑞鶴」に「飛鷹」「隼鷹」が加われば、米軍機動部隊の兵力を再び上まわれるにちがいなかった。

ところが米軍は、日本の現状を見透かしたようにして、先に攻勢を仕掛けて来た。

ミッドウェイ戦から生還した空母「エンタープライズ」と「ホーネット」に空母「サラトガ」を加え、飛行場の完成が間もないガダルカナル島に急襲を仕掛けて来たのだ。

ガ島に対する空襲と艦砲射撃が始まったのは八月七日・早暁のことで、一万一〇〇〇名に及ぶ米兵が八月八日の日没までに上陸して来た。

そのときガ島では、日本兵およそ二七〇〇名が飛行場の設営に当たっていたが、圧倒的な兵力を擁する米軍に対して、それらしい抵抗を示すことさえできなかった。

完成したばかりの飛行場を米軍にあっさり奪われてしまい、残存の日本兵は密林の中へ逃げ込むしかなかった。

『ガ島に敵上陸！　至急応援を求む！』

通報を受けた連合艦隊司令部はただちに対応策を検討したが、「隼鷹」は八月三日に竣工したばかりで、とても出撃できる状態になかった。一ヵ月程度は習熟訓練をおこなう必要があり、「飛鷹」はいまだ竣工していなかった。

しかし、指をくわえてみているわけにもいかない。すったもんだの交渉の挙げ句、陸軍がようやくガ島上陸部隊の派遣に同意して、その上陸と同時に、海軍も空母部隊をガ島へ向けて出撃させることにした。

「とりあえず『翔鶴』『瑞鶴』に『龍驤』を加えてガ島攻撃に向かわせます！」

山口がそう進言すると、山本もすぐにうなずいて、南雲中将が「翔鶴」に将旗を掲げて出撃、山本大将も「大和」に座乗して、まずはトラックをめざした。

かたや山口は、内地に残って母艦搭乗員の補充について基地などと段取りを付け、それから独り飛行艇に乗ってトラックをめざした。

ガ島攻撃に差し向けた三空母以外にも、内地には軽空母「瑞鳳」と「隼鷹」が残っている。

これら二隻もガ島攻撃に差し向けたいのは山々だったが、いまだ母艦搭乗員の補充が追い付いておらず、「隼鷹」「瑞鳳」は搭乗員の訓練用として内地に残すしかなかったのである。

あとから飛行艇に乗って追い掛けた山口も、南雲中将麾下《きか》の三空母が出撃する前に、トラックへ到着した。

そして山口は、南雲中将や参謀長の草鹿龍之介《くさかりゅうのすけ》少将に対して、「翔鶴」「瑞鶴」の防御力を信じて積極的に敵方へ撃って出るようにもとめた。

はたして、「翔鶴」「瑞鶴」「龍驤」がガ島をめざして進撃してゆくと、米軍も「サラトガ」「エンタープライズ」の二空母を出して応戦して来た。

米側にはほかにも「ホーネット」「ワスプ」の二空母が在ったが、二隻は重油や艦載機を補充するために、ガ島近海から離れていたのだった。

八月二一日。開戦以来、三度目の空母対決となる「第二次ソロモン海戦」が生起したが、山口の助言にもかかわらず、南雲司令部の作戦指導はいかにも消極的だった。

軽空母「龍驤」のみを先行させて、肝心の「翔鶴」「瑞鶴」は後方に位置し、空母「エンタープライズ」を中破したのはよかったが、「龍驤」を沈められてしまった。

事実上「龍驤」を囮《おとり》に差し出したような格好となり、追加で「翔鶴」「瑞鶴」から攻撃隊を出撃させたが、南雲本隊と敵艦隊との距離が離れすぎていた。そのため「エンタープライズ」にとどめを刺すことができなかった。

味方は軽空母一隻を失い、敵空母一隻を中破したにとどまり、陸軍部隊のガ島飛行場への突撃もあえなく失敗に終わった。

米側から同海戦を総括すれば、軽空母とはいえ日本軍の空母一隻を沈め、まんまとガ島飛行場の防衛に成功したことになる。傷付いた「エンタープライズ」はもちろん修理が可能であった。

対する連合艦隊は、ほとんどなにも得るものがなく、軽空母「龍驤」をむざむざ失ってしまったのである。あくまで結果論だが、「龍驤」は爆弾四発と魚雷一本を受けて沈んでおり、もし、南雲の本隊が近くに居たとすれば、「翔鶴」か「瑞鶴」のどちらかが大破にちかい損害を受けていたかもしれない。が、「龍驤」の沈没はおそらく避けられたのではないかと思われた。

「あれだけ臆せず突っ込めと言ったのに、六〇海里以上も『龍驤』の後方に位置するなど、とても考えられません！」

山口が首をかしげるのも当然だった。

草鹿はそれでも、ガ島の米軍飛行場を空襲するために「龍驤」を分派せざるをえなかった、と主張したが、山口はまさに空母の分散を避けるように忠告していたのだから、まったく言い訳にならなかった。

一丸となって三空母で行動し「龍驤」の艦載機だけでガ島を空襲すればよかったのだ。

「遠距離からの攻撃は、航空隊に負担が掛かるばかりで、まったく装甲空母の強みを活かしきれておりません！　……なんのための装甲空母でしょうか？　せっかく撃破した敵空母に案の定、逃げ切られてしまい、追撃の攻撃隊はとどかなかったのです！」

空母「飛龍」たった一隻で、空母三隻を擁する敵に突撃して行った山口の言葉には、ほかにはない説得力があった。

南雲司令部の作戦指導は消極的すぎて、山口の言葉を借りれば、ミッドウェイの負け戦がたたって味方空母が傷付くことを極端に恐れ〝臆病風に吹かれている！〟というのだった。

それに、山本は約束どおり、もう一度、南雲にチャンスをあたえた。

結果を残せなかったのはほかでもない、消極的な部隊運用に終始した南雲自身の責任であり、これ以上「温情を掛ける必要はないはずです！」と山口が主張すると、山本もその主張の正当性を認め、ついに南雲忠一と草鹿龍之介の交代を決めたのである。

第四章　重装甲空母／大鳳

1

八月二一日——。「第二次ソロモン海戦」で事実上の敗北を喫したこの日、内地では「飛鷹」が装甲空母への改造を終えて習熟訓練を開始していた。一〇万四〇〇〇馬力の機関に換装した同艦は一〇日後に実施した公試運転で二九・三二ノットの最大速度を記録し、一線級の中型・装甲空母として機動部隊の一翼を担うことになる。

そして九月一日。「飛鷹」が二九ノット以上の速力を発揮してみせた、次の日、重装甲空母の一番艦「大鳳」が晴れて横須賀で竣工した。

ガ島戦たけなわのため「大和」はトラックに常駐しており、連合艦隊でこの竣工を見届けた者はいなかった。

艦政本部や軍令部の関係者が見守るなか、グレーの硬質な飛行甲板を持つ「大鳳」が、その引き締まった艦姿を東京湾に浮かべ、ゆっくり始動し始めると、みなが確信した。

——じつに精悍な空母だ……。これまでの空母とはあきらかにちがう！　こりゃおそらく、少々のことでは沈まんぞ！

飛行甲板と一体化したエンクローズド・バウの艦首が悠々と波を切り、みなの眼を引く。全員が確信に満ちた表情でうなずいていた。

帝国海軍は宿敵・米海軍とのあいだで三たび空母決戦をやっており、飛行甲板に五八ミリの装甲があれば、一〇〇〇ポンド爆弾の直撃を受けても簡単に〝沈められるようなことはない！〟という手ごたえを得ていた。

マル三計画で建造された「翔鶴」の防御力がそれを証明していたが、新鋭空母「大鳳」の飛行甲板には、「翔鶴」をはるかに上まわる、九五ミリの装甲が施されているのだ。

――米軍の急降下爆撃機はとくに厄介だが、敵爆撃機から数発の一〇〇〇ポンド爆弾を喰らったとしても、「大鳳」が戦闘力を奪われるようなことはまずない。「大鳳」の戦闘力を奪うには魚雷数本の命中が必要だ！

「大鳳」が〝竣工した！〟との知らせは、むろんトラックの連合艦隊司令部にも届いていた。

旗艦「大和」艦上では、山本が山口を前にしてしみじみとつぶやいた。

「この時期に『大鳳』が竣工してくれたのは大きい。大和型三、四番艦を建造しておれば、二隻の巨大戦艦はいまごろやっとの思いで進水していたころだろう……」

「はい。竣工にはたっぷり四年ほど掛かり、あと二年も艤装《ぎそう》に費やして、竣工したころにはもはや無用の長物となっていたはずです」

米海軍は高速大型のエセックス級空母を大量に建造しており、三、四番艦を〝戦艦として建造していたら〟と考えると、山本はぞっとしたが、大鳳型三空母の建造を優先したおかげで、年内には二番艦の「白鳳」も確実に就役する予定となっている。大鳳型空母は大和型戦艦のおよそ六〇パーセントの工期で建造できるのだ。

「……それで、『大鳳』はいつ、トラックへやって来る?」

「一〇月初旬の進出を予定しております」

山口が即答すると、山本はこれにうなずきながらもさらに訊いた。

「それと同時に『飛鷹』『隼鷹』もトラックへやって来るのだな?」

「はい。この一ヵ月ほどが正念場で、我慢のしどころです。『飛鷹』『隼鷹』で大鳳航空隊の訓練もやらせており、一〇月にようやく母艦搭乗員の補充が追い付きます。……それまで空母不足が続きますが、ここは、なんとか『翔鶴』『瑞鶴』だけで凌《しの》ぎましょう」

「うむ……。しかし二隻だけで、はたして凌げるかね?」

山本が首をかしげるのは無理もなかった。


米海軍は現在、「サラトガ」「ホーネット」「ワスプ」の三空母をサンゴ海で行動させているとみられる。「エンタープライズ」もまもなく修理を終えるだろう。ガ島近海へ派遣できる空母数において連合艦隊はあきらかに劣勢で、この一ヵ月ほどがまさに正念場となる。

先に竣工した「隼鷹」と軽空母「瑞鳳」をトラックへ進出させるのは不可能ではないが、山口には練りにねった計画があった。

「味方機動部隊の戦力を充実させてから、一気にガ島奪還に乗り出す考えです。……それに軍令部を通じて参謀本部に対し、二個師団程度の動員を要請しておりますが、残念ながら話し合いがまだ付いておりません。今、「隼鷹」「瑞鳳」を加えて空母四隻でゴリ押ししても、ガ島を奪還するのは十中八九、不可能でしょう」

山口が重ねてそう進言すると、山本もしずかにうなずいた。

トラック待機中の「翔鶴」にはなおも南雲中将が将旗を掲げている。が、周知のとおり、すでに山本は南雲の交代を決めていた。

そして現在内地では、七月に軍令部出仕《しゅつし》の扱いとなっていた小沢治三郎《じさぶろう》中将が、連合艦隊あずかりで「隼鷹」に将旗を掲げ、母艦航空隊の訓練に当たっていた。

軽空母「瑞鳳」も小沢中将の指揮下に在り、ほどなくして「飛鷹」も母艦航空隊の訓練に加わることになっている。

そこへさらに「大鳳」も加わり、同艦が習熟訓練を終えたあかつきには、小沢中将は「大鳳」に将旗を移し、新生・機動部隊の旗艦となることが決まっていた。


かたや、第四航空戦隊司令官の角田覚治少将は現在、「鳳翔《ほうしょう》」を駆って、艦爆、艦攻の新規搭乗員を育成している。

練習空母「鳳翔」は鹿屋《かのや》航空隊の付属となっておもに着艦訓練を実施しており、「鳳翔」で訓練された搭乗員の一部も九月中に「飛鷹」「隼鷹」へ異動して、機動部隊の搭乗員不足をおぎなうことになっていた。

母艦航空隊の訓練はおおむね順調で、九月二一日には、「飛鷹」がまず習熟訓練を終えて連合艦隊に引き渡された。同日付けで角田少将はあらためて第二航空戦隊司令官に就任し、「飛鷹」に将旗を掲げた。

いっぽう「大鳳」も、一〇月一日には習熟訓練を終えて連合艦隊に引き渡され、小沢中将は「隼鷹」から「大鳳」へ将旗を移した。

そして、小沢中将の座乗する「大鳳」は連合艦隊付属のままトラックへと移動し、二航戦司令官の角田少将は「飛鷹」「隼鷹」「瑞鳳」の三空母を率いて、「大鳳」やその他の護衛艦艇などとともにトラックをめざしたのである。

「大鳳」以下の四空母が瀬戸内海から出航したのは一〇月三日のことだった。

2

九月一二日の時点で、ガ島には約五四〇〇名の陸軍が上陸を果たしていた。海軍もネズミ輸送を続けていたが、食糧が乏《とぼ》しく武器弾薬も不足しており、もはや死中に活をもとめるしかないと、陸軍はこの日、ガ島・米軍飛行場へ向けて二度目の総攻撃を開始した。

しかし、堅牢な米軍陣地から十字砲火を浴びせられ、総攻撃はまたしても失敗、一四日には攻撃中止命令が出された。

二度目の総攻撃が失敗に終わると、参謀本部もガ島の奪還が容易でないことを認めて、ついに師団単位の兵力動員に同意した。

そして、軍令部との話し合いの結果、三度目の正直となる総攻撃は〝一〇月下旬に決行する〟と話が決まった。結局、二個師団を動員して〝一気にガ島を奪い返す！〟ということで話がまとまったが、師団単位の兵力輸送は、これまでのような駆逐艦に頼ったネズミ輸送では安全度は高くても積載量の面で問題がある。

駆逐艦では、何度も往復しなければならず、重火器などの輸送も不可能で、総攻撃の予定日にも間に合いそうになかった。

そこで、危険ではあるが一挙に運べる「船団輸送」という手段を採ることになり、陸軍がかねてより自慢にしていた高速輸送船を思い切って投入することにした。そのため陸軍は、ガダルカナル島――ラバウル間の海上護衛について、連合艦隊にあらためて支援を要請し、山本長官も連合艦隊を挙げての協力を約束して機動部隊の出撃を決めたのであった。

対する米軍は、実際はかなり疲弊して、ガ島の防衛に四苦八苦していた。南太平洋艦隊司令官のロバート・L・ゴームリー中将は健康状態がすぐれず、日本軍の反撃に夜も眠れぬほど神経をすり減らしていた。

とくに日本軍潜水艦の活動が厄介で、九月三日には空母「サラトガ」が雷撃を受けて中破し、九月一五日には空母「ワスプ」も魚雷三本を喰らって、なんと撃沈されてしまった。

――こ、こんな調子では、ガ島へ艦隊を近づけることもできない！

見事に「ワスプ」を仕留めたのは木梨鷹一《きなしたかかず》少佐が艦長を務める「伊一九」潜水艦で、同艦は「ワスプ」だけでなく戦艦「ノースカロライナ」と駆逐艦「オブライエン」にも魚雷一本ずつを命中させて、「オブライエン」を撃沈し、「ノースカロライナ」には修理に三ヵ月を要する損傷を負わせて真珠湾へ退けていた。

九月に入ってから、わずか二週間足らずで三隻もの主力艦を戦力外にされたのだから、ゴームリーが頭を抱えるのも無理はなかった。

とくに空母二隻を撃破された衝撃は大きく、「ワスプ」沈没と「サラトガ」の離脱を知った連合艦隊は、この機を逃さずガ島に楔《くさび》を打ち込んだ。

一〇月下旬に予定している反攻作戦を、早めることはできないが、戦艦「金剛《こんごう》」「榛名」を基幹とする「挺身突撃隊」を急遽編成し、ガ島へ殴り込みの砲撃を仕掛けて敵飛行場を無力化する。その上で先遣隊を送り込み、本格的な部隊を上陸させる前にタサファロンガ（ルンガ岬の西方）周辺に大部隊が展開可能な橋頭堡《きょうとうほ》をあらかじめ構築しておこうというのであった。

はたして一〇月一三日・未明。ゴームリー司令部の消極策にも助けられ、戦艦「金剛」「榛名」による飛行場砲撃は大成功をおさめた。

ガ島・ヘンダーソン飛行場（日本呼称・ルンガ飛行場）は一夜にして火の海と化し、明け方にもラバウル航空隊が追い撃ちの空襲を敢行して、米軍飛行場はそれから五日間にわたって機能不全におちいった。

この時点で米軍は「エンタープライズ」と「ホーネット」の二空母が作戦可能であり、ゴームリー中将にその気があれば、両空母をガ島近海で警戒に当たらせておくこともできた。ところが、日本軍潜水艦の出現を恐れたゴームリーは、そうした対策を一切講じておらず、挺身突撃隊の突入をあっさりとゆるしてしまったのだ。

ガ島飛行場の無力化に成功した日本軍は、タサファロンガへすかさず、四〇〇〇名余りの兵員を上陸させて戦車二〇両、高射砲一六門、速射砲八門、迫撃砲二五門、野砲二〇門、その他重火器や食糧弾薬の揚陸などにも成功した。

それから数日後には早くもタサファロンガ上空へ米軍戦闘機などが来襲したが、先遣隊は密林の中へと陣地を広げて、師団主力の受け入れ態勢をととのえたのだった。

いっぽう、飛行場を火の海にされたゴームリー中将は極度の神経衰弱状態におちいり、積極的な作戦指導をかれに期待するのは、もはや不可能になっていた。

このときちょうど、太平洋艦隊参謀長のレイモンド・A・スプルーアンス少将が南太平洋戦線の視察に訪れており、スプルーアンスから報告を受けたチェスター・W・ニミッツ大将は、ゴームリーの決断不足と悲観的な態度では今後の作戦指導は無理だと考えて、作戦部長アーネスト・J・キング大将の許可を得て一〇月一六日にゴームリーの更迭《こうてつ》を決めた。

平時に評価の高い者が必ずしも戦時の有能者たりえないことを示した好例がまさにゴームリーであった。合衆国艦隊長官を経験した者の多くがゴームリーを司令長官候補の筆頭に挙げていた。

補佐官や参謀部門でのキャリアが長く、そこで高い評価を受けたゴームリーは、頭脳明晰で精励《せいれい》恪勤《かっきん》・事務処理能力に優れ、上役にとって重宝な存在ではあったが、いざ、自分が責任者となって難局に直面すると、頭が良いだけに不確実な視点や心配が次々と脳中に去来し、結局は、悲観と決断不足のジレンマにおちいった。断固たる態度で部下を鼓舞することはとてもできぬ状態で、指揮官としては〝不適格〟の烙印を押され、ダメとなればもはや交代させるしかなかった。

だが、それを容赦なく断行するところが米軍らしい合理主義の成せる業《わざ》で、一〇月一八日付けで南太平洋艦隊司令官にウィリアム・F・ハルゼー中将が就任した。

ハルゼーはみずから希《のぞ》んでスプルーアンスに同行しており、そのままヌーメアに着任した。

　ゴームリーの戦意不足を問題視していたニミッツが、万一の場合は交代させよう、とハルゼーの南太平洋行きを許していたのだった。

　九月中旬ごろから日本本土――トラック間の通信が急に増え始めており、ニミッツは、近く日本軍が〝なにか大作戦をやろうとしているのにちがいない！〟と直感していた。

　日本軍が計画中の大作戦とは、およそガ島の再奪還以外に考えられず、ニミッツはそのときすでに〝ゴームリーではとても戦えない！〟と更迭を考えていた。

　そして、ニミッツはハルゼーの南太平洋行きを許し、同時にエスピリトゥ・サントで応急修理を受けていた「サラトガ」に対して、パールハーバーへもどさず〝現地で修理を続けよ！〟と命じておいたのだった。

　当のハルゼーも、スプルーアンスから聞かされて、日本軍の大反抗を予期していた。

　――これは、これまで引き受けたどの仕事よりも厄介な任務になるぞっ！

　スプルーアンスによると、日本は〝新型の空母を就役させている可能性が高い！〟というのだから、ハルゼーはなおさら危機感を持った。

　危機感を持って当然だが、「サラトガ」を現地で修理させておいたニミッツの判断が功を奏し、急遽司令官に就任したハルゼーは、ニミッツ大将のこの采配に救われた。

　――よし、「サラトガ」が間に合えば、わが空母はちょうど〝三隻〟だ！　可能なかぎりヘンダーソン飛行場の航空兵力を増強、温存し、空母三隻でミッドウェイの勝利を再現してやる！

　そして、ハルゼーの願いは通じた。

空母「サラトガ」は一〇月二一日に応急修理をひと通り終えて、速力三〇ノットを出せるまでに回復、作戦可能となったのである。

3

重装甲空母「大鳳」以下の母艦四隻は、護衛の駆逐艦などとともに一〇月八日・正午前にトラックへ入港した。

トラック到着後、大鳳航空隊は翔鶴、瑞鶴航空隊と合流し、飛行隊の再編をおこなったのち、竹島飛行場と楓島《かえでしま》飛行場に分かれて翌日から訓練を開始した。

大型空母三隻「大鳳」「翔鶴」「瑞鶴」で新たな第一航空戦隊を編制するため、各飛行隊もそれに応じて訓練を開始したのだ。

昭和一七年一〇月一五日。山本五十六大将は海軍の定期異動にあわせて、同日付けで連合艦隊の編制を一新した。

◎連合艦隊　司令長官　山本五十六大将
（トラック）　同参謀長　山口多聞中将
　第一戦隊　司令官　山本大将直率
　戦艦「大和」／「武蔵」欠
　連合艦隊付属
　戦艦「伊勢」「日向」「扶桑《ふそう》」「山城」
　第七駆逐隊　駆逐艦四隻
　標的艦「摂津《せっつ》」／工作艦「明石」
【第一艦隊】　司令長官　清水光美《みつよし》中将
（瀬戸内海）　同参謀長　小林謙五《けんご》少将
　第二戦隊　司令官　清水中将直率
　戦艦「長門」「陸奥」

第九戦隊　司令官　岸福治《きしふくじ》少将
　軽巡「北上」「大井」
第一水雷戦隊　司令官　森友一《ともかず》少将
　軽巡「阿武隈」　駆逐艦六隻
【第二艦隊】　司令長官　近藤信竹中将
（ラバウル）　同参謀長　白石万隆《かづたか》少将
第四戦隊　司令官　近藤中将直率
　重巡「愛宕《あたご》」「摩耶《まや》」「高雄《たかお》」
第三戦隊　司令官　栗田健男《たけお》中将
　戦艦「金剛」「榛名」
第五戦隊　司令官　大森仙太郎《せんたろう》少将
　重巡「妙高」「羽黒」
第二水雷戦隊　司令官　田中頼三《らいぞう》少将
　軽巡「五十鈴《いすず》」　駆逐艦一二隻
第四水雷戦隊　司令官　高間完《たかまたもつ》少将
　軽巡「由良《ゆら》」　駆逐艦一二隻

第一一航空戦隊　司令官　城島高次《じょうじまたかつぐ》少将
　水上機母艦「千歳」「千代田」
【第一機動艦隊】　司令長官　小沢治三郎中将
（トラック）　同参謀長　山田定義《さだよし》少将
第一航空戦隊　司令官　小沢中将直率
　装空「大鳳」「翔鶴」「瑞鶴」
第二航空戦隊　司令官　角田覚治中将
　装空「飛鷹」「隼鷹」　軽空「瑞鳳」
第一一戦隊　司令官　阿部弘毅《ひろあき》中将
　戦艦「比叡《ひえい》」「霧島」
第七戦隊　司令官　西村祥治《しょうじ》少将
　重巡「鈴谷《すずや》」「熊野」
第八戦隊　司令官　原忠一中将
　重巡「利根」「筑摩」
第一〇戦隊　司令官　木村進少将
　軽巡「長良」　駆逐艦一六隻

【第四艦隊】　司令長官　鮫島具重《さめじまともしげ》中将
（トラック）　同参謀長　鍋島俊策《しゅんさく》少将
独立旗艦／練習巡「鹿島」
第二海上護衛隊　司令官　武田盛治《もりじ》中将
　軽巡「夕張」　駆逐艦四隻
【第八艦隊】　司令長官　三川軍一中将
（ラバウル）　同参謀長　大西新蔵《しんぞう》少将
独立旗艦／重巡「鳥海」
第六戦隊　司令官　五藤《ごとう》存知《ありとも》少将
　重巡「青葉」「衣笠《きぬがさ》」「古鷹《ふるたか》」
第一八戦隊　司令官　松山光治《みつはる》少将
　軽巡「天龍」「龍田《たつた》」
第三航空戦隊　司令官　山田道行《みちゆき》少将
　護空「雲鷹《うんよう》」「大鷹」
第三水雷戦隊　司令官　橋本信太郎《しんたろう》少将
　軽巡「川内《せんだい》」　駆逐艦一二隻

第七潜水戦隊　司令官　吉富説三《よしとみせつぞう》少将
　潜水母「迅鯨《じんげい》」　潜水艦六隻
【第一一航空艦隊】　司令長官　草鹿任一《じんいち》中将
（ラバウル）　同参謀長　酒巻宗孝《さかまきむねたか》少将
　付属／駆逐艦四隻
第二二航空戦隊　司令官　吉良俊一《きらしゅんいち》少将
（ラバウル／ガ島攻撃）
第二四航空戦隊　司令官　前田稔《みのる》少将
（ラバウル／ガ島攻撃）
第二五航空戦隊　司令官　上野敬三《けいぞう》少将
（ラバウル／ソロモン方面哨戒）
第二六航空戦隊　司令官　宇垣纏中将
（ラバウル／ガ島攻撃）
※便宜上、南西方面艦隊、第五艦隊、第六艦隊
などは割愛す。

この日・一〇月一五日付けで海兵三九期卒業の角田覚治、阿部弘毅、原忠一少将や海兵四〇期卒業の山口多聞、宇垣纏、福留繁《ふくとめしげる》少将などが中将に昇進した。

山本大将は引き続き「大和」に将旗を掲げており、八月五日に竣工した「武蔵」は依然、内地で訓練を続けている。

第一艦隊はいまだ存続しているが、伊勢型戦艦は航空戦艦に改造し、扶桑、山城型戦艦は輸送戦艦に改造することが決まっていた。そのためこれら四戦艦は連合艦隊の付属となっている。

近藤信竹中将の第二艦隊は陸軍二個師団のガ島上陸を間接的に支援するためにすでにラバウルへ進出している。敵飛行場への艦砲射撃を終えた戦艦「金剛」「榛名」は、一五日・夕刻にラバウルへ帰投する予定となっていた。

同日付けで南雲忠一中将の第三艦隊は解隊されることになり、空母「翔鶴」「瑞鶴」は周知のとおり、新鋭空母「大鳳」と同一戦隊を組み、改めて一航戦を編制した。

南雲中将は一五日付けで佐世保鎮守府司令長官に就任し、参謀長を務めていた草鹿龍之介少将は横須賀航空隊司令に転任した。南雲、草鹿の両名は、八日に「大鳳」がトラックへ到着すると、その日・午後には軽巡「神通《じんつう》」に乗ってトラックを後にしていた。

そして、事実上の機動部隊である、第三艦隊はこのたび「第一機動艦隊」と改称され、その司令長官に小沢治三郎中将が就任。小沢中将の一航戦のみならず、角田覚治中将の率いる二航戦もその指揮下に入り、小沢・第一機動艦隊は空母六隻を擁する堂々の陣容となっていた。

第一機動艦隊　司令長官　小沢治三郎中将
【第一航空戦隊】　司令官　小沢中将直率
・重装空「大鳳」　搭載機数・計六〇機
（零戦二四、艦爆一八、艦攻一八）
・装甲空「翔鶴」　搭載機数・計六六機
（零戦二七、艦爆一八、艦攻一八、艦偵三）
・装甲空「瑞鶴」　搭載機数・計六六機
（零戦二七、艦爆一八、艦攻一八、艦偵三）
【第二航空戦隊】　司令官　角田覚治中将
・装甲空「飛鷹」　搭載機数・計四五機
（零戦二一、艦爆一二、艦攻一二）
・装甲空「隼鷹」　搭載機数・計四五機
（零戦二一、艦爆一二、艦攻一二）
・軽空母「瑞鳳」　搭載機数・計二七機
（零戦二一、艦爆三、艦攻三）

新生・第一機動艦隊の航空兵力は、零戦一四一機、九九式艦爆八一機、九七式艦攻八一機、二式艦偵六機の計三〇九機。

真珠湾攻撃を成し遂げた南雲機動部隊の航空兵力には及ばないまでも、艦載機の総数は三〇〇機を超えている。空母の数は同じ六隻だが、第一機動艦隊の母艦は五隻が装甲空母のため、防御力は各段に強化されていた。

とくに重装甲空母「大鳳」は世界一の防御力を備えているといってよい。小沢中将は「大鳳」に将旗を掲げ、第一機動艦隊参謀長には海兵四二期卒業の山田定義少将が就任していた。

航空隊の練度も上々だ。真珠湾攻撃に参加したベテランが、いまなお一、二航戦・搭乗員の半数以上を占めていた。

しかし、ひるがえってみれば、半数ちかくもの搭乗員をすでに失ったことになる。とくに、着艦技量を持つ母艦航空隊の立て直しは一朝一夕にはいかないため、連合艦隊参謀長の山口多聞中将は事前に「大鳳」を訪れて、小沢中将に申し入れをおこなった。

「わが海軍の搭乗員は、勇敢なのは大変結構なのですが、敵艦めがけて突っ込み、やたらと自爆する傾向にあります。この点を戒め〝最後の最後まで生還をあきらめるな！〟と、搭乗員連中に言いきかせてもらいたいのです」

内地でしばらく母艦搭乗員の育成に当たっていた小沢としてはまったく同感で、一、二航戦・合同訓練の最終日（一六日）に全搭乗員を竹島飛行場へ集め、参謀長の山田少将が連合艦隊の意向をかれらに伝えて訓示した。

「命を決して無駄にするな！　死んでしまえば敵空母を撃破できるのはその一度きりだが、きみたちほどの技量があれば、生きてもう一度出撃すれば再度、敵空母を撃破できるのだ！　連合艦隊司令部も戦い終えたあとに〝必ず救助と捜索を実施する！〟と約束している。海へ落とされても出来るだけの延命措置を講じ、味方駆逐艦や飛行艇の救助を待て！」

しかし、万一負け戦《いくさ》となった場合には制海権を失う。そのため、これは、暗に〝捕虜になってもよい〟ということをほのめかしていたが、こうまでして言わないかぎり、大戦《おおいくさ》をやるたびに航空隊の再建が難しくなる。日本軍がこのような訓示を垂れるのは異例のことだが、搭乗員不足を事前に防ぐには、自爆・自重の考えをいま一度かれらに徹底させるしかなかった。

出撃準備は万事ととのいつつある。第一機動艦隊はトラックから出撃してゆくが、第二艦隊はもはやラバウルへ進出している。

そして、海軍で事実上、ガ島・逆上陸作戦の主役となる三川軍一中将の第八艦隊もまた、ラバウルから出撃してゆくことになっていた。

第八艦隊は上陸船団を直接護衛しながらガ島へ向けて進軍し、海軍陸戦隊・約三〇〇〇名をふくむ、三万五〇〇〇名余りもの兵員を上陸させねばならない。

そのため輸送船の総数は二八隻に達し、武器弾薬、重火器などを輸送するために、連合艦隊から水上機母艦「日進」や「報国丸」をはじめとする特設巡洋艦数隻なども編入されており、第八艦隊は艦艇総数が優に六〇隻を超える大部隊となっていた。

また、ガ島へ接近すると敵の空襲が予想されるため、普段は本土――ラバウル間の機材輸送任務に従事している護衛空母「雲鷹」「大鷹」も第八艦隊の指揮下へ編入し、連合艦隊も上陸船団の護衛に万全を期すことにした。

護衛空母「雲鷹」は五月三一日に改造工事を完了しており、「大鷹」とともにそれぞれ、対潜警戒用の艦爆六機ずつと、上空直掩《ちょくえん》用の零戦一八機ずつを搭載していた。

いや、上陸船団に対する海軍の支援はそれだけではない。第二艦隊もまた、第八艦隊とともにガ島をめざして、米艦隊が出現した場合にはそれを徹底的に排除し、上陸作戦時はガ島に艦砲射撃を実施することになっている。

さらには、ラバウル航空隊も作戦中、一貫して第二、第八艦隊に航空支援を実施する。

そのため、宇垣中将の第二六航空戦隊もいよいよ第一一航空艦隊（ラバウル航空隊）の指揮下へ入り、零戦の一部はブーゲンヴィル島・南東端のブイン飛行場へ前進していた。

ブイン飛行場はまさにこの作戦に合わせて建設され、一〇月五日に使用可能となっていた。これまでにもブーゲンヴィル島・北端のブカ島には八月に小さな飛行場が完成していたが、それでもガ島までの距離が遠かった。

ブイン飛行場は、ガ島とラバウルのほぼ中間に位置するため、それまで長距離飛行を強《し》いられていた零戦の負担がずいぶん軽減されるが、ブインに「中継基地を建設すべきだ！」と最初に言い出したのは、なにをかくそう、八月に軍令部出仕の扱いとなっていた、海兵五一期卒業の樋端久利雄《といばなくりお》中佐であった。

樋端久利雄は航空が専門で海軍兵学校、海軍大学校をともにダントツの首席で卒業した海軍の逸材だ。九月中旬にガ島奪還作戦が本決まりとなるや、連合艦隊は樋端中佐の進言に従い、ブインに急遽、飛行場の建設を開始していた。

そして、この一〇月に完成、第二六航空戦隊の第六航空隊に所属する零戦一八機がまずブインに進出し、これら零戦は戦艦「金剛」「榛名」のガ島砲撃作戦を支援していた。

一〇月一五日の時点でブイン基地配備の零戦は二四機となっており、そのお膳立てをととのえた樋端中佐は、同日付けで連合艦隊・航空甲参謀に就任していた。

樋端中佐を「大和」に迎え入れ、連合艦隊の作戦準備は着々と進んでいたが、すべての準備が順調に捗っていたわけではない。

一〇月二日にはポートモレスビーから来襲したB17爆撃機から空襲を受けて、ラバウル碇泊中の軽巡「天龍」が中破していた。

そのため「天龍」の作戦参加は見送られることになるが、主力空母ならいざ知らず軽巡一隻ぐらいが損害をこうむることはもとより覚悟の上での大作戦だ。

その他の作戦準備が万事ととのうと、山本五十六大将は一〇月二一日に満を持して「ガ島奪還作戦」の〝決戦！〟を発動し、先陣を切って小沢治三郎中将の第一機動艦隊がトラックから出撃したのである。

まずは第一機動艦隊の攻撃でガ島周辺から米軍兵力を一掃、制空権をしっかり確保しておく必要がある。重装甲空母「大鳳」は麾下《きか》艦艇を従えて二二日・正午にトラックから出撃した。

4

南太平洋艦隊をあずかることになったハルゼー中将にとって、B17爆撃機ほど頼りになるものはなかった。

B17は生存率がきわめて高く、時速一五八ノットの巡航速度を発揮でき、その上一〇〇〇海里の距離を往復できる。

帝国海軍の二式飛行艇も性能自体はB17を凌ぐ優秀機だが、生産数においてはB17の足もとにも及ばなかった。大型四発機の大量生産は日本にはいかにも荷が重かった。

B17はいうまでもなく陸軍機だが、同機がもたらす貴重な偵察情報は、逐一ハルゼー司令部にも報告されていた。

それによると、日本軍は一〇月以降、艦艇、輸送船、軍用機、兵員などをことごとくラバウルに集結させており、日本軍がガ島奪還に乗り出して来るのは、もはや時間の問題となっていた。

ただし、肝心の主力空母はラバウルに見当たらず、日本軍機動部隊はやはりトラックから出撃して来るのにちがいなかった。

——ジャップの艦隊用空母は、おそらく五、六隻は存在するだろう……。

ハルゼーはそう考えたが、手持ちの作戦可能な空母は「エンタープライズ」「ホーネット」「サラトガ」の三隻しかない。しかも「サラトガ」は大急ぎで修理している最中だ。

——空母数ではあきらかに不利だ！　劣勢は否めないが、しかしこちらには、ガ島のヘンダーソン飛行場が在る！

幸いヘンダーソン飛行場は、ハルゼーがヌーメアに着任した一八日の時点で、日本軍戦艦の艦砲射撃によって受けた被害から立ち直り、滑走路はおおむね修復されていた。

——ヘンダーソンの航空兵力を大至急、強化する必要がある！　六〇機も配備することができれば中型空母一隻分の戦力となり、日本軍の攻撃を喰い止められるはずだ！

一〇月中旬のこの時点で、ヘンダーソン基地の滑走路は三本となるまでに増やされていた。飛行場の拡張工事もかなり進んでおり、小型機だけでなく、B17爆撃機などの大型機も〝運用可能〟となっていた。

ハルゼー中将は陸軍にも協力をあおいで、二一日までにB17爆撃機八機と海兵隊機など二四機をまず同飛行場へ送り込んだ。

さらに陸軍からは、二四日までに四機のＢ17を追加配備するとの申し出があり、それに合わせてハルゼーは、三二機の海兵隊機を護衛空母「ロングアイランド」で、ヘンダーソン飛行場へ追加で輸送することにした。

そして、二一日・正午過ぎになって、ニミッツ大将の太平洋艦隊司令部から、きわめて重要な警告が発せられた。

それによると、トラックを根城とする日本の連合艦隊が、おそらく大作戦の開始を意味するにちがいない、象徴的な短い暗号電を発した、というのであった。

——すわっ、ついに山がうごいた！

そう直感したハルゼーは、空母「サラトガ」の修理を切りの良いところで止め、ただちに重油の補給を開始するように命じた。

トラックからガ島までの距離は一二〇〇海里ほどである。日本軍機動部隊は早ければ〝二四日にガ島近海へ現れる！〟とみたハルゼー中将は、二二日・午後には空母「サラトガ」に出撃を命じ、空母「エンタープライズ」および「ホーネット」の部隊などと合同するように命じた。

出撃を命じられた時点で「サラトガ」の速力はちょうど三〇ノットまで回復しており、アメリカ海軍の空母三隻は首尾よく二三日・午後二時過ぎに、サンタクルーズ諸島・西南西の洋上で合同を果たしたのである。

南太平洋艦隊司令官　Ｗ・Ｆ・ハルゼー中将
【第一六任務部隊】　Ｔ・Ｃ・キンケイド少将
・空母「エンタープライズ」搭載機八四機
（戦闘機三二、爆撃機三六、雷撃機一六）

・空母「サラトガ」　搭載機七八機
（戦闘機三二、爆撃機三二、雷撃機一四）
戦艦「サウスダコタ」
重巡「ミネアポリス」「ポートランド」
重巡「ニューオーリンズ」
軽巡「サンファン」
駆逐艦一〇隻
【第一七任務部隊】G・D・マレー少将
・空母「ホーネット」　搭載機八四機
（戦闘機三二、爆撃機三六、雷撃機一六）
重巡「ノーザンプトン」「ペンサコラ」
軽巡「サンディエゴ」「ジュノー」
駆逐艦八隻
【第六四任務部隊】W・A・リー少将
戦艦「ワシントン」
重巡「サンフランシスコ」
軽巡「ヘレナ」「アトランタ」
駆逐艦六隻

無事に合同を果たし、アメリカ軍三空母の搭載する航空兵力は、F4Fワイルドキャット戦闘機九六機、SBDドーントレス急降下爆撃機一〇四機、TBFアヴェンジャー雷撃機四六機の二四六機となっていた。

ちなみに、それまでアメリカ軍機動部隊の指揮官を務めていたフランク・J・フレッチャー少将は、空母「サラトガ」が日本軍潜水艦から雷撃を受けたときに負傷してしまい、パールハーバーへの帰還を余儀なくされていた。

代わってトーマス・C・キンケイド少将がその指揮を継承し、「サラトガ」や重巡二隻などは合同後、キンケイド部隊に編入された。

飛行甲板への装甲をあきらめたアメリカ海軍の空母は軒並み搭載機数が多く、三隻で二四六機もの艦載機を搭載している。これは日本軍空母六隻が搭載する航空兵力（三〇九機）のおよそ八〇パーセントに相当しており、空母数の不足を大いに補っていた。

とはいえ劣勢は否めず、さしものハルゼー中将もやきもきしていたが、二四日の昼過ぎになっても、結局、ガ島近海に日本の空母が現れることはなかった。

――よし！　これでヘンダーソン飛行場への追加配備が間に合った！

ハルゼーが膝を叩いて喜ぶのも当然で、この日の午前中に「ロングアイランド」がガ島沖へ到着しており、海兵隊機などの追加配備を成し遂げたのであった。

ガ島ヘンダーソン飛行場／配備機・計六八機
・海兵隊機　計四八機
F4F二四機、SBD一八機、TBF六機
・陸軍機　計二〇機
P40八機、B17一二機

二四日・正午過ぎの時点でヘンダーソン基地の航空兵力は計六八機となっており、空母三隻の航空兵力と合わせて、ハルゼー中将の艦隊司令部は全部で三一四機の陸海軍機を戦場へ送り込むのに成功した。

これで日本軍機動部隊の航空兵力に対抗できると確信して、ハルゼー中将はいよいよミッドウェイでの勝利を〝再現できる！〟と思い、ひそかに胸をふくらませた。

　はたして、二四日・午後三時五二分。サンタクルーズから発進していたカタリナ飛行艇が、ガ島の北北東およそ五〇〇海里の洋上に空母をふくむ日本の大艦隊を発見すると、ハルゼー中将は俄然《がぜん》勇み立ち、洋上の味方空母三隻に命じた。

「明朝を期して敵艦隊へ接近し、ジャップ空母を徹底的に叩きのめせ！」

　命令を受け、キンケイド少将は旗艦「エンタープライズ」以下の三空母を率いて、敢然と北上を開始したのである。

第五章　東部ソロモン海戦

1

昭和一七年（一九四二年）一〇月二五日・ガダルカナル島現地時間で午前五時一五分――。

わずかに千切れ雲が漂う程度で空は快晴。弱い風が南東から吹いている。

――敵は近い！

周囲が白み始めてくると、日米両軍機動部隊は時を同じくして索敵機を発進させた。

昨夕、米軍飛行艇に接触されたことを知る小沢中将は、空母「翔鶴」「瑞鶴」から二式艦偵三機ずつ、空母「飛鷹」「隼鷹」「瑞鳳」から艦攻三機ずつを発進させて、南東を中心とした扇型の索敵網を展開した。

――米軍はすでにわが接近に気づいている。必ずや空母を出して迎撃して来るはずだ！

小沢は艦隊の針路を南南東へ執り、進軍速度をまずは一八ノットとした。

ガ島からは北東へ三〇〇海里ほど離れることになるが、これまでの戦いから推測して、米軍機動部隊は〝サンタクルーズ方面から現れるにちがいない！〟と考えた。

ただし、あくまで推測のため、索敵機が充分に進出するまでは、艦隊の速度をやみくもに上げることは避けた。

いっぽう、対するアメリカ軍の空母三隻は、同じく二五日・午前五時一五分の時点で、ガ島の東方（微北）およそ四〇〇海里の洋上まで軍を進めていた。

——日本軍機動部隊をぜひとも二〇〇海里圏内にとらえる必要がある！

味方艦載機の攻撃半径が短いため、キンケイド少将はそう願っていたが、敵空母群を二〇〇海里圏内にとらえるには、三空母を思い切って敵方へ近づけて行くしかなかった。

艦載機の足の短さが恨めしいが、索敵に関しては、サンタクルーズのPBY飛行艇やガ島のB17爆撃機を当てにできる味方のほうが有利だ。とはいえ、敵空母の正確な位置をつかんで先制攻撃を仕掛けるには、やはり自前で索敵機を出すべきだろう、とキンケイドは考えた。

——先制攻撃に成功すれば、味方の空母不足をおぎなうことができる！

キンケイドがそう考えるのも当然で、ドーントレスは突破口を切り開くのに最適な機だった。搭載爆弾を五〇〇ポンド爆弾で我慢すれば、二五〇海里ほどの距離を進出して、索敵爆撃を仕掛けることができる。

ドーントレスによる索敵爆撃が首尾よく成功すれば、それが突破口となって敵空母をいちはやく減殺できるのだ。

索敵爆撃隊のドーントレスは日ごろからそうした訓練を実施している。キンケイドは臆せず敵方へ三空母を近づけ、最も練度の高いエンタープライズ索敵爆撃隊のドーントレス一八機を、薄明とともに惜しげもなく、西北西を中心とした扇型の索敵線上に投入した。

ハルゼー中将は一貫して積極果敢な攻撃をもとめている。キンケイドに〝索敵を基地に頼る〟という、消極的な考えはなかった。

――ミッドウェイとはわけがちがう……。今回は日本軍機動部隊もわが空母の出現を相当に警戒しており、おいそれとガ島攻撃に手持ちの艦載機をはたいて来るようなことはないはずだ。

キンケイドはそう考えて、索敵爆撃隊の先制奇襲攻撃に賭けたのである。

2

一八機のドーントレスは空母「エンタープライズ」の飛行甲板を蹴って勢いよく飛び立った。

それから二〇分もすると、東の水平線上に燃えるような太陽が顔を出して来た。

上空では下界よりひと足早く日が昇る。天気は良好、視界は欲しいままだ。

依然、南東から弱い貿易風が吹いており、エンタープライズ索敵爆撃隊の指揮官を務めるリー少佐機は、追い風に乗って北西をめざし、愛機の速度を一三五ノットに定めた。

僚機のジョンソン中尉機もその右手を飛び、二機で左右をしっかり見張りつつ、第五索敵線をカバーしている。

太陽に輝く薄い雲は空の半分ほどを蔽《おお》っていたが、それを隠れ蓑にするにはあまりにも頼りない薄さだった。

最初に敵と遭遇する幸運を得たのはジョンソン機で、それは「エンタープライズ」を飛び立ってからおよそ三五分後、午前五時五二分ごろのことだった。

二機はすでに約七八海里の距離を前進していたが、一機の日本軍機が猛烈な速度でまったく逆方向へ飛んで行った。

——あっ！　あれは、敵空母から飛び立った日本軍の索敵機にちがいない！

敵機はあきらかに自分たちと同じ目的で飛んでおり、右・四海里付近のはるか上空を一気に飛び過ぎて行った。正確にはわからぬが、日本軍偵察機の速度は〝二〇〇ノットは出ているのじゃないかっ？〟と思われた。

ひょっとすると敵が近いのかも知れない、と思い、二機は高度六〇〇〇メートルまで上昇し、雲の陰を利用することにした。

ところが、かれらはさらに五〇分ほど飛び続けることになる。リーが洋上の異変に気づいたのは午前六時四〇分過ぎのことだった。

——それ来た！　敵艦隊だ！

どうやら敵艦隊の後方（北方）へ出たにちがいなく、駆逐艦が南東へ向け疾走してゆく。

リーは大胆にも、それを追い掛けるようにして愛機を近づけ、ジョンソン機もそれに倣《なら》った。

そして、敵艦の後方から一五海里の距離にまで近づいてゆくと、ついにめざす敵空母のすがたを眼下にとらえた。

——よし、空母だ！

それはまさに空母「瑞鶴」だったが、そう確信するや、リーはフルスロットルで上昇し、続いて二隻の大型空母を発見した。

いや、それだけではない。さらに上昇し続けると、一五海里ほど西へ離れた洋上に、リーはもう一群の敵を発見した。

——やっ、こちらにも空母が三隻いるぞ！

それからまもなく、たっぷり高度三〇〇〇メートル付近まで上昇すると、「エンタープライズ」へ届けとばかりにリーは打電を命じた。

「空母六、戦艦二、その他随伴艦多数！　敵艦隊は、速力およそ二〇ノットで南東へ向け航行中！急げ！」

後部座席のサンダース兵曹は、リーがみなまで言い終わらぬうちに、眼にも止まらぬいきおいで電鍵を叩き始めていた。

モールスの信号音が周囲に鳴りひびく。

リー少佐機が報告電を発したのは午前六時四六分のことだった。

だが、もうひとつ重要な任務が残っている。リーは攻撃に最良なポジションを確保しようと、わき目もふらず、狙う空母の後方から一気に迫って行った。

日本の空母三隻は全速力で西へ向かい、雲層の下へ逃げ込もうとした。が、リー機は「瑞鶴」をとらえて、ジョンソン機もはっきりと「翔鶴」をとらえていた。

ほぼ同時に「大鳳」も眼に入ったが、かれらの出現が日本側に気づかれぬはずもなかった。

リー機が急降下に入ろうとしたその刹那《せつな》、七機のゼロ戦が現れて、真正面からすさまじい勢いで襲い掛かって来た。

――くっ、こしゃくな！

リー機は機銃で応戦し、急降下を中止せざるをえなかった。射撃が功を奏して、先頭のゼロ戦は火を噴いて落ちたが、リー機も被弾していよいよ空母への攻撃が不可能となった。

二機とも残るゼロ戦から喰い付かれ、雲をかすめて脱出を図るしかなかったのだった。

ジョンソン機はそれでも爆弾を投じたが、ゼロ戦から邪魔を受け、とても有効な爆撃を実施することはできなかった。同機もまた、ゼロ戦一機を返り討ちにしていたが、風防を撃ち抜かれ、ジョンソン中尉はあえなく負傷した。

幸い、傷は大事とならずに済んだが、その後は防戦一方となって、敵艦隊上空から退避せざるをえなかった。

二機の攻撃はあともうすこしのところで失敗に終わったが、リー機の発した電報は決してムダではなかった。同機が送信した位置情報はきわめて正確で、小沢機動部隊の実際の位置から一〇海里とズレていなかった。

その位置情報は「エンタープライズ」によって転送され、残る索敵爆撃隊のドーントレスも小沢艦隊の位置を把握した。

空母が六隻と報告されたのだから、もはやほかの索敵線上を飛び続けても無駄足になる。燃料のゆるすドーントレスは索敵を急遽中止し、日本軍機動部隊の上空をめざした。

第七索敵線を飛行していたストロング大尉機とアーヴィン少尉機もそのうちの一隊だった。両機はすでに索敵線の先端を折り返しており、帰路に就いた直後にリー少佐機の発した報告電を受信し機首を南西に転じた。

待ちに待った空母発見報告だ。

ストロング大尉はとくに獲物に飢えていた。というのが、かれは先の「第二次ソロモン海戦」に参加できなかったので、そのうっぷんを晴らしてやろうと人一倍意気込んでいた。

そして、日本軍機動部隊の位置は思ったよりも近かった。

――九〇海里ほど飛べば、獲物にあり付けるかもしれないぞ！

出撃時の索敵方針では各機の進出距離は二〇〇海里とされ、索敵線の先端に達したあとは司令部の指示に従うことになっていた。そのためストロング機もアーヴィン機もあと半分以上ガソリンが残っていた。

ストロングが合図を送ると、アーヴィンも即座に応じ、両機は思い切りよく転針して、隊長機の報じた発見位置をめざした。

それにしても、リー少佐機の報告はおそろしいまでに正確だった。

はたして午前七時三二分。ストロング大尉は自身の航法が間違っていないことを知った。雲の下に、大きな飛行甲板を持つ二隻の空母がすがたを現したのだ。

それは「大鳳」と「瑞鶴」だったが、「翔鶴」はまだ、低い雲の下に隠れていた。

アーヴィンも敵空母に気づいており、ストロングがヘルメットを〝やったぜ！〟と叩くや、アーヴィンも誇らしげに腕を挙げてみせた。

周囲に敵戦闘機のすがたは見えない。かれらは幸運なことに、零戦の守りが手薄となった一瞬の隙《すき》を突いていた。

ストロング機はフラップ・レバーを下げて減速し、空母へ向け急降下して行った。アーヴィン機もすかさず続いた。

二機の間隔はたっぷり開いていたが、それはドーントレスの真価を存分に活かした見本のような攻撃だった。

四〇〇〇メートルの高度から降下中、邪魔立てするようなものは一切なにもなかった。

敵戦闘機はついに現れず、対空砲火もすっかり沈黙していた。

二機のドーントレスから狙われたのは、三番艦の位置に付けていた空母「瑞鶴」だった。

先に飛び込んだストロング機は、高度九〇〇メートルまで降下したところで、完全に雲の中から突き抜けた。

そして、何も遮るもののない視界の中心に、敵空母の飛行甲板をとらえた。

標的をもう一度じっくり見すえながら、ストロングは二重ハンドルの爆弾投下桿を一気に引き上げた。ついでフラップを引っ込め、海面すれすれで機首を引き起こし上昇に転じた。

はたして次の瞬間、敵空母の飛行甲板中央で閃光が走り、同時に黒煙が昇った。

「め、命中だ！」

いや、一発ではない。とっさに振り返ると、アーヴィンも見事、敵空母の飛行甲板後部へ爆弾を突き刺し、攻撃に成功していた。

敵空母から二スジの黒煙が昇っており、二発の命中は確実だった。

アーヴィン機もすでに上昇に転じている。この瞬間、二人の任務は一〇〇パーセント達成されたといってよかった。

すると、護衛の艦艇が慌てふためくようにして突如、弾幕を張り始め、ほかの空母から飛び立ったばかりのゼロ戦が〝逃すものかっ！〟とばかりに追い掛けて来た。

二機はすでに、対空砲火の射程から抜け出していたが、ゼロ戦はそう簡単には追撃をあきらめてくれない。

敵機の猛追はそれから一〇分以上も続いた。

けれども四五海里ほど飛んだところで、かれらはやっとの思いで一団の雲に出会い、ストロング機とアーヴィン機は先を争うようにしてその中へ飛び込んだ。

輝く青空のもとへ再び出て来たとき、幸運にもゼロ戦のすがたは消えており、ストロング機とアーヴィン機は、午前九時三〇分に「エンタープライズ」へ着艦したのである。

3

リー少佐機およびジョンソン中尉のドーントレスとすれ違った二式艦上偵察機は、向かい風の影響を受け、時速二二五ノットの巡航速度で南東をめざしていた。

ドーントレスと比べて九〇ノットの優速だ。

空母「翔鶴」から発進したその二式艦偵は、充分すぎるほどの速度差を活かし、午前六時五分には早くも敵艦隊の発見に成功していた。

『敵艦隊見ゆ！　空母二、戦艦一、巡洋艦三、駆逐艦一一隻。敵艦隊はわが艦隊の南東・約一九〇海里の洋上を、速力・約一五ノットで北西へ向け航行中！』

同機は軽巡「サンファン」を駆逐艦と見誤って報告していたが、それ以外の内容に関してはリー機の報告よりもさらに正確だった。

発見した二隻の米空母はいうまでもなく「エンタープライズ」と「サラトガ」で、同機は、この第一報を発したおよそ一〇分後に、空母「ホーネット」を基幹とするもう一群をさらに発見し、午前六時一五分には、そのむねを知らせる第二報も打電した。

『空母一隻をふくむ別のもう一群が、南方およそ一五海里の洋上に在り！』

一連の報告電はまがうことなく小沢中将の座乗艦「大鳳」で受信され、機動部隊司令部のだれもが思った。

――すわっ、敵空母は三隻だ！

さらに同機は、敵空母のうちの一隻は〝サラトガ型〟と三たび報告してきたが、そのときにはもう、日本軍・空母六隻の艦上はあわただしく動き始めていた。

旗艦・重装甲空母「大鳳」の飛行甲板では、第一波攻撃隊の零戦九機と艦爆一八機が続々と並べられつつある。その様子を見守りながら、小沢が山田参謀長に向かってつぶやいた。

「一隻がサラトガ型ということは、おそらく残る二隻はエンタープライズ型だな……」

「はい。『サラトガ』『エンタープライズ』『ホーネット』の三隻で間違いないと思われます」

山田がそう即答すると、小沢はしずかにうなずきながら、再確認した。

「敵は全空母を出して来たとみていいだろう。ミッドウェイの仇討《あだう》ちを果たせる絶好の機会だ。……第一波攻撃隊は予定どおり、午前六時三〇分に出せるね？」

「はい。第一波は六時三〇分。続いて第二波も午前七時一五分には発進準備を完了します！」

山田がまたもや即答すると、小沢はこれにも大きくうなずいてみせた。

空母六隻は午前六時五分に第一報が入った直後から攻撃隊の準備を開始しており、「大鳳」以外の五空母艦上でも、第一波攻撃隊の準備がまもなくととのいそうであった。

第一波攻撃隊／攻撃目標・米空母三隻
①重装空「大鳳」／零戦九、艦爆一八
①装甲空「翔鶴」／零戦九、艦攻一八
①装甲空「瑞鶴」／零戦九、艦攻一八
②装甲空「飛鷹」／零戦九、艦爆一二
②装甲空「隼鷹」／零戦九、艦爆一二
②軽空母「瑞鳳」／零戦九、艦爆三
※○数字は各所属航空戦隊を表わす。

第一波攻撃隊の兵力は、零戦五四機、艦爆四五機、艦攻三六機の計一三五機。

艦爆はすべて二五〇キログラム爆弾一発ずつを装備しており、艦攻は全機が航空魚雷一本ずつを装備している。

第一波の空中指揮官は江草隆繁《えぐさたかしげ》少佐だ。

江草はミッドウェイ海戦で負傷していたが、その傷もすっかり癒《い》え、七月一〇日には一旦横須賀航空隊付けとなり、九月二五日付けで「大鳳」の飛行隊長に就任していた。

江草少佐は大鳳降下爆撃隊の艦爆一八機を直率している。「大鳳」と二航戦の三空母はどちらかといえば降下爆撃隊の練度が高く、一航戦でも、先にトラックへ進出していた「翔鶴」「瑞鶴」の飛行隊は雷撃隊のほうが技量に優れていた。

よって第一波攻撃隊は精鋭ぞろいの編成だ。まずは敵空母の飛行甲板を破壊するために艦爆を多めに出すが、三六機の艦攻は雷撃の神様・村田重治《しげはる》少佐が率いていた。

いよいよその時が来た。午前六時三〇分に予定どおり第一波の発進準備がととのい、小沢中将は躊躇《ちゅうちょ》なく攻撃隊に出撃を命じた。

母艦六隻は南東の風に向かってすでに疾走しており、針路を変える必要がまったくない。母艦一隻当たりの発艦機数は最大でも二七機のため、発進作業はわずか一二分ほどで終わり、午前六時四二分には、第一波攻撃隊の全機が上空へ舞い上がった。

ところが、そのわずか四分後に、上空で突如として異変が起きた。

周知のとおりリー機が「エンタープライズ」へ向けて報告電を発し、次いでジョンソン機とともに、「翔鶴」「瑞鶴」へ襲い掛かろうと迫って来たのである。

一瞬の差で零戦の迎撃が間に合い二機の突入を阻止したが、日本側のレーダー探知が後れたのは二機のドーントレスがそれまで高度を低く抑えて飛んでいたからであった。

第一波、二波と発進作業が続くため、艦隊司令部も〝危険な直進航行が続く〟と思い、さすがに九機の零戦を事前に舞い上げ、充分な警戒態勢を執っていた。

そのうち七機の零戦が異変に気づいて、二機のドーントレスを退散に追い込み、寸でのところで事なきを得た。しかし、味方空母の飛行甲板には爆弾や魚雷を抱いた第二波の攻撃機がすでに並べられようとしており、もし〝爆弾を一発でも喰らっておれば……〟と考えると、まさに冷や汗ものだった。

小沢中将自身もまもなく異変に気づいたが、そのときにはもう、零戦がしゃかりきとなって敵機を猛追しており、六隻の母艦はなにごともなかったかのように第二波攻撃隊の準備を続けることができた。

第二波攻撃隊／攻撃目標・米空母三隻
①重装空「大鳳」／零戦六、艦攻一八
①装甲空「翔鶴」／零戦六、艦爆一八
①装甲空「瑞鶴」／零戦六、艦爆一八
②装甲空「飛鷹」／零戦六、艦攻九
②装甲空「隼鷹」／零戦六、艦攻九
②軽空母「瑞鳳」／零戦六
※○数字は各所属航空戦隊を表わす。

第二波攻撃隊の兵力は、零戦三六機、艦爆三六機、艦攻三六機の計一〇八機。

同じく艦爆はすべて二五〇キログラム爆弾一発ずつを装備しており、艦攻は全機が航空魚雷一本ずつを装備している。

第二波の空中指揮官は関衛《せきまもる》少佐だ。

関少佐の降下爆撃隊は、第二次ソロモン海戦で空母「エンタープライズ」に中破の損害をあたえており、同方面での作戦を一度、身をもって経験している。ガ島をはじめソロモン諸島の地勢やサンタ——クルーズ諸島との位置関係などもすっかり頭に入っているので、若干未熟な搭乗員も関機の誘導にしたがえば、きっちりと獲物にあり付けるのにちがいなかった。

そしてまもなく、午前七時一五分には第二波攻撃隊の発進準備もととのった。

山田参謀長がそのむね報告すると、小沢長官は即座に〝よし!〟とうなずいて、再度、攻撃隊の出撃を命じた。

今度は一航戦の「大鳳」「翔鶴」「瑞鶴」が二四機の攻撃機を発進させる。二航戦の三空母は最大でも一五機を発進させるだけでよい。

出撃命令を受けて各艦長が発進を命じると、第二波の攻撃機が、次々と飛行甲板を蹴って上空へ舞い上がる。発艦をしくじるようなものは一機もなく、「大鳳」から一八機目の艦攻が、しんがりで飛び立ったとき、時刻は午前七時二五分になろうとしていた。

これですべての矢が放たれた。

しかし、第一波を発進させた直後にドーントレスが上空に現れたので、敵機動部隊もまた、多くの艦載機をはたいて攻撃を仕掛けて来るにちがいなかった。

敵との距離はおよそ一九〇海里と近く、敵空母の数は〝三隻〟と報告されたので、その攻撃力はまったく侮れない。小沢は、味方空母の防御力を信じていたが、それでも五一機の零戦を防空用に残しておいたのだった。

攻撃隊の発進がすっかり終わり、それまで直掩《ちょくえん》に上げていた零戦九機も、二航戦の三空母で一旦収容した。

今度は一航戦の三空母から、同じく零戦九機を直掩に上げる。

ところが、それら零戦に発進を命じた直後のことだった。ストロング機とアーヴィン機が周知のとおり、空母「瑞鶴」に襲い掛かって爆弾二発を命中させたのである。

一瞬の虚を突かれ、みなが愕然《がくぜん》とした。

爆撃を受けた「瑞鶴」の艦上から、あきらかに黒煙が昇っている。

「ちっ、まったく、ついてないな……」

「大鳳」の艦橋でだれかがそうつぶやいたが、攻撃隊発進後のわずかな隙を突かれたのだから、だれもがそう思った。

小沢中将も愕然とし、顔をしかめている。参謀長の山田少将も、言葉を失い〝ちっ！〟と舌打ちした。

不用意に声を発する者はおらず、「瑞鶴」からの報告をただ待つしかなかった。

ながい沈黙が流れ、一〇分も経とうとしたころになってようやく、「瑞鶴」艦長の野元為輝《ためき》大佐が報告を入れて来た。

『戦闘行動に支障なし！　出し得る速力三三ノット。……「瑞鶴」は一〇分後に飛行甲板の歪《ゆが》みを直し、原状を回復す！』

これを聞いて、みなが歓声とともため息ともつかぬ声を〝おお……〟と上げ、小沢中将も口を固く結んで深々とうなずいてみせた。

なるほど煙もすっかり消え、「瑞鶴」はなにごともなかったかのように悠然と航行している。

それもそのはず。索敵爆撃隊のドーントレスが投じた爆弾は、二発とも破壊力に劣る五〇〇ポンド爆弾であり、装甲空母「瑞鶴」は、五八ミリの鋼鈑がものを言って、その直撃にきっちり耐えてみせたのである。

時計の針は今、午前七時四五分を指そうとしている。小沢機動部隊は攻撃隊の発進に成功し、総計二四三機に及ぶ帝国海軍の艦載機が一路、米空母群の上空をめざし進撃していた。

4

キンケイド少将も負けていない。午前六時四六分にリー機の発した報告電を受信し、敵との距離が〝一九〇海里ほどしか離れていない！〟と知るや、キンケイドは喜色満面で膝を叩いた。

「よし！　ドンピシャ、だ！　昨日からの進軍がこれで報われた！」

幕僚もみな全力を挙げての攻撃を進言し、キンケイド少将は攻撃を決意、艦上待機中の艦載機にすぐさま発進を命じた。

第一次攻撃隊／攻撃目標・日本空母群
・第一六任務部隊　指揮官　キンケイド少将
空母「エンタープライズ」　出撃機四六機
（F4F一二、SBD一八、TBF一六）
空母「サラトガ」　出撃機五八機
（F4F一二、SBD三二、TBF一四）
・第一七任務部隊　指揮官　マレー少将
空母「ホーネット」　出撃数六四機
（F4F一二、SBD三六、TBF一六）

第一次攻撃隊の兵力はワイルドキャット戦闘機三六機、ドーントレス急降下爆撃機八六機、アヴェンジャー雷撃機四六機の計一六八機。

アヴェンジャー雷撃機は全機が航空魚雷を装備しており、ドーントレスのうちの一八機は五〇〇ポンド爆弾を装備しているが、残る六八機は一〇〇〇ポンド爆弾を装備していた。

空母「ホーネット」は六四機もの攻撃機を発進させる。そのため攻撃隊の全機が発進を終えるのにたっぷり三〇分余りの時間を要し、最後のアヴェンジャーが「ホーネット」から飛び立ったのは午前七時二〇分のことだった。

ガソリンを節約する必要があるため、アメリカ軍艦載機は日本軍艦載機のように几帳面に空中集合を実施しない。第一波攻撃隊はおおむね二群に分かれて進軍して行った。

【第一群】第一次攻撃隊　計一〇〇機
（F4F二四、SBD五二、TBF二四）
【第二群】第一次攻撃隊　計六八機
（F4F一二、SBD三四、TBF二二）

攻撃に参加する戦闘機は第一群、第二群を合わせても三六機だ。アメリカ軍機動部隊は防空を重視する傾向にあり、キンケイド少将は艦隊の護りに、計六〇機のワイルドキャット戦闘機を残しておいた。

午前六時五分ごろには、日本軍の高速偵察機が艦隊上空へ現れており、キンケイド少将はじつは気が気でなかった。しかし、日本軍攻撃隊が来襲する前に味方攻撃隊が発進を終えたので、これでひとまず息を吐いた。

第一次攻撃隊の発進が終わり、第一六、一七任務部隊は、一旦南東（風上）へ向けていた針路を再び北西へもどした。

出した攻撃機を収容するために、三空母は、敵機動部隊との距離を二〇〇海里以内に保っておく必要がある。

ところが、キンケイドがほっとしたのもつかの間。戦艦「サウスダコタ」の対空見張り用レーダーが早くも日本軍機の接近をとらえた。

同艦から通報がなされたのは午前七時二五分のことで、両任務部隊は今、北西への変針を終えたばかりであった。

「……ちっ、もう来たかっ！」

キンケイドが舌打ちするのも無理はない。レーダーが敵機群を探知したからには針路を再び南東へ執り、迎撃戦闘機を上げるしかなかった。

まもなくそれが一〇〇機を超える大編隊であることがわかり、キンケイドは、南東への再変針を待たずに、いよいよ命じた。

「大至急、全戦闘機を迎撃に上げよ！」

それもそのはず。通信参謀がその前に、敵機群は「あと四〇分ほどで来襲します！」と報告したので、もはや時間との戦いであった。

午前七時三〇分には、三空母がなんとか風上へ向けて疾走し始め、艦上待機中のワイルドキャットが一斉に発進を開始した。

そしてまもなく、八分ほどですべてのワイルドキャットが迎撃に飛び立ったが、日本軍攻撃隊の来襲時刻は〝午前八時五分ごろ〟と予想され、もはや、日本軍機動部隊に先手をゆるしたのは疑いなかった。

——ちっ、厳しい戦いになるな……。

空母兵力で劣るキンケイドはそう覚悟せざるをえなかったが、最後のワイルドキャットが迎撃に飛び立った直後に、「エンタープライズ」へ待ちに待った報告が飛び込んで来た。

『われ敵空母を爆撃す！　爆弾二発が命中し、敵空母は黒煙を上げて炎上中！　……炎上中の敵空母はショウカク型なり！』

報告を入れて来たのはいうまでもなく、第七索敵線を担当していたストロング大尉のドーントレスだった。爆弾が〝二発〟命中したということはアーヴィン少尉機もまた、爆撃に成功したのにちがいなかった。

——すわっ、でかしたぞっ！　索敵爆撃隊を出撃させておいたのは、やはり正解だった！

キンケイドが俄然《がぜん》顔を赤らめ、ニンマリとしたのは当然だった。

エンタープライズ索敵爆撃隊の技量はみな確かだ。とくにストロング、アーヴィン両機の技量は申し分なく、その二機が敵の主力空母である翔鶴型を〝撃破した！〟と報告して来たのだから、これは期待どおりの戦果にちがいなかった。

「幸先のよいすべり出しです！　これで敵空母のうちの一隻は、しばらくのあいだ作戦不能となるでしょう」

航空参謀がそう進言すると、キンケイドもこれに大きくうなずいてみせた。

一旦は後手にまわされたと思ったが、索敵爆撃隊が見事先制攻撃に成功し、敵主力空母の一隻を撃破した。これで残る作戦可能な敵空母は五隻だが、大型空母はそのうちの二隻にすぎない。

——よし、これで敵の空襲を凌《しの》げば、互角以上の戦いができるぞ！

キンケイドはあらためてそう確信したが、それもそのはず。先の「第二次ソロモン海戦」で、空母「翔鶴」「瑞鶴」は米軍艦載機から一切、空襲を受けていなかった。そのため、翔鶴型空母が建造の途中で〝飛行甲板に装甲を施した〟という事実を、アメリカ海軍で知る者はこの時点で一人もいなかったのである。

ハルゼー中将やキンケイド少将もむろん例外ではなかった。

5

これまでに「サンゴ海、ミッドウェイ、第二次ソロモン」と三度にわたって空母戦を戦い、米軍機動部隊が空母の護りに〝より多くの戦闘機を残す〟ということは、もはやわかっていた。

第一機動艦隊がトラックから出撃する前の話である。米軍機動部隊の戦闘機・活用法をふまえた上で連合艦隊参謀長の山口少将が、航空甲参謀の樋端中佐を帯同して「大鳳」を訪れ、小沢長官と山田参謀長に対して、きっちりと助言をあたえていた。

「米空母は戦闘機のおよそ三分の二を防空用に残しております。がっちりと護りを固めている敵に対して、やみくもに攻撃隊を突っ込ませても、こちらの被害が増えるばかりです。……そこで、わが空母の防御力を信じて、防御に使う零戦の数を減らし、攻撃により多くの零戦を注ぎ込んでいただきたいのです。攻撃隊の艦爆や艦攻を零戦でがっちりと護り、被害を減らすためです」

山口がそう切り出すと、小沢はうなずきながらも訊き返した。

「うむ。たしかにその必要性はあると思うが、攻撃に出す零戦は半分程度でいいかね？」

つまり小沢は、一〇〇機の零戦があれば五〇機を攻撃に出し、残る五〇機を防空用に残せばどうかと訊いたのだが、山口はその程度ではまったく満足しなかった。

「いいえ、半々ではこれまでと大して代わり映えがしません。保有する零戦の三分の二程度は攻撃に出していただきたい」

山口はそう言い切ったが、小沢はにわかに顔をしかめた。

「……し、しかし防空用の零戦がわずか三分の一では、空母を護り切れないのじゃないか？」

「ご心配はもっともです」

そう応じて小沢の懸念にうなずいてみせたのは樋端のほうだった。

一旦はうなずいてみせたが、樋端は矢継ぎ早に説明を続ける。

「……ですが、艦爆、艦攻の比率を減らして、各母艦にはこれまで以上にたくさんの零戦を搭載します。ですから、わが空母の防御力を信じて、少なくとも六割以上、できれば六割五分程度の零戦を攻撃に出していただきたいのです。……むろん最終的な機数の決定については戦闘現場でのやり繰りにお任せしますが……」

するとと今度は、小沢に代わって、山田参謀長が横やりを入れた。

「ならば具体的に一二〇機だとして、その六割五分だと七八機の零戦を攻撃に出し、残る四二機を防空用に残すことになるが、はたして、それで本当に、こちらの思惑どおり、艦爆、艦攻の被害を減らすことができるかね？」

攻撃隊は二波に分ける必要があり、攻撃用の零戦が七八機だと、一波当たりの零戦は三九機ずつということになる。随伴の零戦が三九機では〝大した効果が望めないだろう……〟と思い、山田は首をかしげたが、これにも樋端は即答した。

「いえ、零戦の搭載機数は一四〇機を超えるはずです。その六割五分ですから、攻撃に出す零戦は九一機を超えることになります。……残る四九機が防空用ということになりますが、攻撃に出す零戦は一波、二波で均等に分けず、第一波の零戦は五〇機以上として、残る四〇機足らずを第二波に振り分けます」

「ほう……。第一波の零戦を多めにするというのはわからぬでもないが、しかしそれでは第二波の零戦がかなり減り、二波の艦爆や艦攻は大損害をこうむるじゃないか！」

山田はなおもそう言い返したが、樋端はこれにもきっちりと答えを用意していた。

「おっしゃるとおりですが、第一波の零戦には全機に増槽を装備させておきます。増槽付きで出せば第一波の零戦は、かなりの時間、敵艦隊上空で粘れます。……攻撃距離が二〇〇海里だとしますと、おそらく敵艦隊上空でたっぷり一時間は戦えるでしょう。……そのころには第二波も敵艦隊上空へ達しておりますから、第二波の艦爆、艦攻も第一波の零戦で護れるのです」

これを聞いて二人はにわかに頓悟《とんご》した。山田も返す言葉がなくしきりにうなずいている。それを見て、小沢がひとつだけ念を押した。

「ふむ、たしかに妙案だ。できるだけ連合艦隊の助言に従うが、実際の戦闘機の割り振りについては、やはり現場の判断に任せてもらおう」

これには、樋端に代わって山口が、あらためて確約をあたえた。

「当然です。実際には、敵空母が何隻出て来るかわかりませんので、それに因《よ》って比率も変わってくるでしょう……。六割五分というのをひとつの目安にしていただき、実際に攻撃に出す零戦の機数についてはもちろん、機動部隊司令部の判断にお任せいたします」

小沢と山田はこれですっかり納得し、そろってうなずいたのである。

戦艦「サウスダコタ」のレーダーが探知したのは、いうまでもなく小沢機動部隊の放った第一波攻撃隊だった。

その兵力は零戦五四機、艦爆四五機、艦爆三六機の計一三五機。

五四機の零戦はすべて増槽を装備しており、小沢中将は連合艦隊の助言に従って、五〇機以上の零戦を第一波の攻撃に出していた。

また、味方空母の防御力を信じて、敵方へ思い切って艦隊を近づけ、第一波の零戦がすこしでもながく敵艦隊上空で粘れるように、敵との距離を一九〇海里程度にまで詰めていた。

対する米軍はワイルドキャット六〇機を迎撃に上げ、自軍艦隊の手前（北西）・約三五海里の上空で午前七時五〇分ごろに日本軍・第一波攻撃隊を迎え撃った。

——すわっ、米軍戦闘機のお出ましだ！

大鳳戦闘機隊を直率する進藤三郎大尉はそう直感したが、進藤は〝そろそろ来るぞ……〟と気をひきしめており、はるか前上方に浮かび上がったケシ粒大の敵機群を決して見逃さなかった。

距離はまだ一万五〇〇〇メートルほど離れているが、彼我《ひが》の相対速度はもはや時速四〇〇ノットを超えている。そうみてとった進藤は、ただちに増槽の投下を命じ、上昇に転じた。

愛機の速度はすぐに二〇〇ノットに達した。さらに速度を上げて近づくにつれ、敵機群の全貌があきらかになって来る。指揮下の零戦は五四機だが、敵グラマンの機数もおよそ〝同等！〟とみた進藤は、心のなかで叫び声をあげた。

——しめた、兵力は大差ないぞっ！

そう確信するや、進藤は攻撃隊本隊の護りに翔鶴戦闘機隊の零戦九機だけを残し、残る四五機を直率してさらに上昇、向首反攻で敵機群へ一気に斬り込んだ。

最初の発見から一分ほど経っていたが、突入前に進藤はきっちりと時計だけは確認していた。

――母艦へ帰り着くまで一九〇海里の距離を飛ぶ必要がある……。増槽のおかげで今、ガソリンは満タンだが、空戦時には、巡航時のおよそ三倍のガソリンを消費するので、一時間一〇分ほど戦うのが限度だ！

そして時計を見ると、その針は、今〝午前七時五〇分〟を指している。

――よし、引き揚げは午前九時ちょうどだ！それまで一時間以上、たっぷり暴れてやる！

進藤機を皮切りに四五機もの零戦が上昇しながら突入し始め、その果敢な突入にワイルドキャットの隊長は俄然意表を突かれた。

ワイルドキャットはその多くが日本軍攻撃隊の本隊に一撃を仕掛けようとしていたが、降下しながらの突入を一旦中止して、ゼロ戦の突進をまずかわさねばならなかった。

ワイルドキャットの隊形は大きく乱れ、僚機との連携が失われてゆく。この時期、ワイルドキャットは〝二対一〟でなければ、ゼロ戦に〝空戦を挑むな！〟との忠告を受けており、ペアを組む相棒との連携をのっけから乱されたのは、いかにも手痛い誤算だった。

来襲したゼロ戦の機数が予想外に多かったのが最大の原因だが、ワイルドキャットは急降下速度と防御力以外のあらゆる性能でゼロ戦より劣っており、一旦ゼロ戦に喰い付かれて僚機との連携を失うと、その後は態勢を立てなおすだけで四苦八苦となった。

零戦の追撃を振り切るには急降下で逃れるしかないが、そうなると当然、高度が一気に下がってしまい、肝心の日本軍爆撃機や雷撃機にまったく手出しができない。

多くのワイルドキャットが零戦の追撃をかわすのに精いっぱいとなったが、それでもまだワイルドキャットのほうが、少しばかり数で上まわっていた。一五機ほどのワイルドキャットがやっとの思いで空戦場から抜け出し、仕切り直しで高度をもう一度確保し、江草少佐の率いる本隊へ向けていよいよ襲い掛かって来た。

しかしそのときにはもう、両軍機が火花を散らし始めてから五分ちかくが経過しており、江草本隊は南東へ一〇海里ほど前進していた。

状況を俯瞰《ふかん》してみれば、第一波攻撃隊はもはやキンケイド第一六任務部隊の手前（北西）およそ二五海里の上空まで迫っていたが、それでもなお江草少佐らは、敵空母のすがたをいまだ発見していなかった。

——これ以上、日本軍機を近づけるなっ！

ワイルドキャットのパイロットはみなその一念で江草本隊に波状攻撃を仕掛けて来る。数は依然一五機ほどだが、零戦の追撃を運良くかわした数機もこれに加わり、日本軍攻撃隊・本隊には常時二〇機ほどのワイルドキャットがまとわり付いているような状態が続いた。

本隊の直衛に残されていた零戦九機はかなり練度が高く、ワイルドキャットの執拗な攻撃をねばり強く撃退していたが、グラマンはなかなか墜落せず、撃ち落とすまで追い掛けてゆくわけにもいかない。不用意に追い撃ちを掛ければ、それこそ本隊上空の護りが〝がら空き〟となってしまうのだ。午前七時五六分ごろから空の攻防戦は一段と激しさを増し、深手を負ったワイルドキャットや艦爆、艦攻が火だるまとなって海へ落ち、次々と骸《むくろ》をさらしてゆく。

零戦も例外ではなく、すでに一〇機以上が撃ち落とされていた。

ワイルドキャットの猛攻はなおも続く。が、日本軍攻撃隊の進撃を止めることはできない。

午前八時三分。江草少佐ははるか右手の洋上に一隻の空母をついに発見した。

——あっ、あそこだ！　空母がいる！

そして針路を東寄りに修正し、さらに近づいてゆくと、その敵空母から五海里ほど離れた洋上にもう一隻の米空母も発見した。

——よし、これで二隻だ！　……あと、もう一隻いるはずだが……。

江草はさらに目を凝らして周囲をよく見渡したが、残る三隻目の米空母を視界にとらえることはできなかった。

——ちっ、二隻か……。

問題は、この敵空母二隻に攻撃を集中すべきかどうかだが、第一波攻撃隊は、江草が二隻の米空母を発見した時点で、すでに艦爆六機と艦攻九機を失っていた。いや、零戦もすでに一二機を失っている。

第一波攻撃隊の残る兵力は、零戦四二機、艦爆三九機、艦攻二七機となっており、ワイルドキャットは二〇機を失いながらも二七機の日本軍機を撃墜していた。

残る攻撃機は艦爆、艦攻を合わせて六六機。

——第一波の搭乗員はみな優秀だ！　よし、六〇機以上の攻撃機があれば、三隻目を撃破するのも不可能じゃない！

江草はとっさにそう判断すると、午前八時五分に突撃命令を発し、まず、艦爆二五機と艦攻一八機を攻撃に差し向けた。

むろん、これら四三機で発見済みの空母二隻をまず攻撃してやろうというのだが、江草自身は残る艦爆一四機と艦攻九機を直率して、その上空をやり過ごし、六機の零戦を従えて、さらに南方をめざした。

江草が〝南〟をめざしたのには歴《れっき》とした理由がある。最初に敵空母を発見した二式艦偵は、南へ一五海里ほど離れた洋上に〝別の敵空母が存在する！〟と報じていたし、空戦中に被弾を余儀なくされたグラマン一機が急いで南へ退避してゆくのを、江草は見逃さなかった。

――あいつ（被弾したグラマン）は、緊急着艦しようとしているのにちがいない！　おそらく三隻目の空母は南にいる！

はたして、四分ほど南へ飛び続けると、そこにはやはり、米空母がもう一隻存在した。

「しめた！　やはり敵空母は三隻だ！」

首尾よく三隻目の空母を発見するや、江草もさすがによろこびの声を上げた。

むろん正確な艦名までは知る由《よし》もないが、江草隊によって最後に発見されたのは空母「ホーネット」で、北方で行動していた二隻の空母はいうまでもなく「エンタープライズ」と「サラトガ」であった。

いきおい三隻目の米空母を発見したのはよかったが、南へ飛び続けた江草隊は、その最中にもグラマンから襲撃を受けて、さらに艦爆、艦攻一機ずつを失っていた。

残る兵力は艦爆一三機、艦攻八機の計二一機となっている。が、獲物にあり付きさえすれば、もはや攻撃あるのみ。江草はすかさず突撃命令を発し、真っ先に突入を開始した。

　それを見て「ホーネット」や随伴艦が猛烈な勢いで対空砲火を撃ち上げる。たちまち真っ黒な弾幕で空が覆われ、それを隠れ蓑として、空母「ホーネット」は左へ急速回頭し始めた。

　この回避操作が見事に的中。さしもの江草機も命中弾をあたえることができず、同機の投じた爆弾は「ホーネット」の右舷およそ一五メートルの海上へ至近弾となって逸れた。

　けれども、残る一二機の艦爆はそれを見ながら狙いを修正、江草隊の練度はやはり抜群で「ホーネット」に計三発の二五〇キログラム爆弾を命中させた。

　いや、それだけではない。二発目の爆弾を喰らった直後に「ホーネット」の速度がにわかにおとろえ、そこへすかさず三機の艦攻が襲い掛かって魚雷一本も命中させた。

　空母「ホーネット」にとってはこれがいかにも痛かった。右舷舷側に大量の浸水をまねいて速度が一気に二〇ノットまで低下し、結局「ホーネット」は一時戦闘力を失って、応急修理にかなりの時間を要してしまう。

　江草隊は午前八時三三分に攻撃を終えたが、敵空母攻撃中に敵の対空砲火によって、さらに艦爆と艦攻二機ずつを失い、江草機が機首を北へ転じたとき、その兵力は零戦四機、艦爆一一機、艦攻六機の計二一機となっていた。

　かたや、空母「エンタープライズ」と「サラトガ」に襲い掛かった別動隊は、雷撃隊を直率する村田重治少佐が指揮を執っていた。

　やはり、空母を護る米艦艇の対空砲火は各段に強化されており、突入後、こちらでも艦爆六機と艦攻三機の計九機が撃墜されていた。

しかし、それらの損害と引き換えに、村田隊は空母「エンタープライズ」に爆弾二発と魚雷二本を命中させて、空母「サラトガ」にも爆弾二発と魚雷一本を命中させていた。

結局、第一波攻撃隊は敵戦闘機の迎撃と敵艦の撃ち上げる対空砲火によって、零戦一八機、艦爆一五機、艦攻一五機の計四八機を失っており、帰途に就くことができたのは艦爆三〇機と艦攻二一機の計五一機にすぎなかった。

そして、それら艦爆、艦攻とは別に、第一波の零戦はいまだ三六機を残しており、それら進藤隊の零戦は敵艦隊近くの空戦場で、なおも宿敵・グラマンと戦い続けていた。

戦闘開始からもはや三〇分ちかくが経過し、両軍パイロットとも集中力を持続できず、さすがに疲れが見え始めている。

米軍戦闘機隊もすでに二六機を失い、残るワイルドキャットは三四機となっていた。

午前八時三五分の時点で彼我の兵力はすっかり逆転し、空の戦いは零戦がいよいよ主導権をにぎり始めていた。

——よし！　あと二五分は戦える！

艦爆や艦攻が引き揚げたとき、進藤大尉は時刻を再確認し、ここが〝踏ん張りどころ！〟とあらためて気合いを入れなおしていた。

そして、粘ること約七分、午前八時四二分にはついに来るべきものがやって来た。

味方空母六隻から飛び立った第二波攻撃隊が空戦場へすがたを現し、新手の零戦三六機が〝早く獲物をよこせ！〟とばかりに、進藤隊に加勢し始めたのだ。疲れがみえ始めていた進藤隊にとってこれ以上、心強いものはなかった。

それとはうって変わって、味方に倍するゼロ戦にかこまれたワイルドキャットは、これでついに戦いをあきらめた。

味方ワイルドキャットの機数はもはや三〇機を下まわっているのに、六〇機以上ものゼロ戦から包囲されたのだからたまらない。鉄則とされていた〝二対一〟どころか〝一対二〟の圧倒的不利となってしまい、日本軍攻撃隊の進軍を阻止するどころの騒ぎではなくなった。

新手のゼロ戦ははるかに優位な高度を確保しているため、ほとんどすべてのワイルドキャットが俄然、急降下をうって、次々と空戦場から離脱し始めた。

こうなると、零戦の急降下速度ではワイルドキャットに追い付けず、第二波攻撃隊は敵戦闘機にはかまわず、そのまま前進を続けた。

——グラマンめ、ついに迎撃をあきらめて退散して行ったな！

第一波の進藤大尉もそう直感し、もはや長居は無用と針路を北西へ向け、列機（第一波零戦）に引き揚げを命じた。あと一〇分ほどは戦うことができたが、敵機が逃げたのだから戦うべき相手がいない。それにガソリンの残量もそろそろ気になってきたので、早めに帰路に就いておくに越したことはなかった。

午前八時五一分。進藤大尉機以下、第一波の零戦は所期の目的を〝果たした！〟と確信し、大手を振って戦場から引き揚げた。

が、結果的にそれがよくなかった。一旦は退散したと見せ掛けたグラマンだったが、こしゃくなことに二〇機ほどが艦隊上空へ舞いもどり、第二波攻撃隊に急襲を仕掛けて来たのだ。

そのとき、第二波攻撃隊はすでに米艦隊の上空へ達しており、第二波の隊長を務める関衛少佐はもはや眼下の洋上に、二隻の米空母をしっかりととらえていた。

　けれども、突撃命令を発した直後に、実際には二二機のワイルドキャットから急襲を受け、その一撃を喰らって第二波攻撃隊は、たちまち零戦七機、艦爆三機、艦攻八機の計一八機を撃墜されてしまった。

　しかしこの一撃は、ワイルドキャットにとってもまさに捨て身の攻撃にほかならず、二二機のうちの二機が味方艦艇の撃ち上げる対空砲火によって落とされ、さらにもう二機も日本軍機の反撃に遭い、返り討ちとなっていた。

　四機を失いはしたが、ワイルドキャットの果敢な突撃は奇襲となって見事に成功した。

日本軍機の多くが眼下の敵空母に気を取られており、関少佐もすっかり意表を突かれた。

——な、なにっ!?　いっぺんに一八機もやられただと！

　関機自体は襲撃をまぬがれていたが、それもそのはず。関少佐機以下の艦爆一八機は、南方へ離れて行動しているはずの〝第三の敵空母〟を探しだすために敵艦隊上空を通り過ぎ、すでに南下し始めていた。

　いっぽう空母「エンタープライズ」と「サラトガ」に襲い掛かろうとしていた別動隊は、飛鷹雷撃隊を直率する今宿《いまじゅく》滋一郎《しげいちろう》大尉に率いられて突入を開始しようとしていたが、その直前にワイルドキャット二二機から横殴りの急襲を受け、指揮下に在った艦爆三機と艦攻八機を一気に撃墜されてしまったのだった。

今宿機自体も敵弾一発を喰らっていたが、幸い戦闘行動を執るのに支障はなかった。ただちに列機と連絡を取り、被害状況を確認すると、零戦を除く攻撃可能な兵力は艦爆一四機と艦攻二八機の合わせて四二機となっていた。

艦爆は、撃墜されたものは三機だったが、もう一機がフラップを大破して急降下不能となってしまい、今宿は同機に対して即刻、母艦への帰投を命じた。

いっぺんに攻撃兵力を一二機も減らされたのは痛いが、残る四二機の攻撃機は狙う空母へ向けてもはや突撃を開始していた。

米空母は二隻とも、あきらかに速度が低下している。しかし、それでも「エンタープライズ」は二六ノットで航行し続けていたし、「サラトガ」も二四ノットの速力を維持していた。

第一波の攻撃により、両空母とも一時は速力が二〇ノット以下に低下していたが、第二波攻撃隊が来襲するまでの三〇分ほどで懸命の応急修理をおこない、再び艦載機を運用できる程度に速力が回復していた。

急襲を仕掛けて来たグラマンもすっかり低空へ舞い下りており、零戦がにらみを利かせて、その上空を制圧している。もはやグラマンから攻撃を受けるようなことはなさそうだった。

午前九時ちょうど。最も北寄りで航行していた空母「エンタープライズ」に艦爆七機と艦攻一三機が襲い掛かり、もう一隻の空母「サラトガ」にも艦爆七機と艦攻一五機が襲い掛かった。

すでにかなりの手傷を負っていたにもかかわらず、両空母とその随伴艦の撃ち上げる対空砲火は依然として激烈だった。

どす黒い弾幕が空一面をうめ尽くし、空母の周囲で水柱が林立する。火を噴いた日本軍機が海へ激突し、逸れた爆弾が波間で次々と炸裂した。そのなかを駆逐艦、巡洋艦などが狂ったように走りまわり、上空では数えきれないほどの弾光が飛び交っていた。

第二波攻撃隊の猛攻は三〇分ちかくにわたって続いた。

艦爆や艦攻が次からつぎへと二隻の米空母に襲い掛かったが、今宿隊もまた、突入後に一〇機もの攻撃機を喪失してしまった。すべて対空砲火による被害だ。

しかし、その貴重な損害と引き換えに、第二波攻撃隊は空母「エンタープライズ」に魚雷一本を命中させて、空母「サラトガ」には、爆弾一発と魚雷二本を命中させた。

第二波攻撃隊の練度はいかんせん第一波攻撃隊よりも低かった。

四二機もの攻撃機で襲い掛かって爆弾、魚雷を合わせて四発の命中とはさみしいかぎりだが、攻撃中に艦爆六機と艦攻四機を失ったのがいかにも大きかった。空母を護る米艦艇群の対空攻撃力がそれだけ強化されていたのだ。

戦艦「サウスダコタ」の火力支援を得た「エンタープライズ」は四機の日本軍爆撃機を対空砲で撃墜しており、残る爆弾を難なくかわして魚雷の回避に専念することができた。

それでも魚雷一本を喰らい、速度はまたしても一七ノットまで低下したが、わずか二〇分ほどでボイラーの復旧に成功し、爆撃をまぬがれた「エンタープライズ」は、速度が再び二三ノットまで回復して艦載機の運用も可能であった。

報告を受けて、キンケイド少将はひとまず胸をなでおろしたが、まったく落ち着いてはいられない。問題は、さらに爆弾一発と魚雷二本を喰らった「サラトガ」のほうだった。

二度にわたる空襲で、「サラトガ」はすでに爆弾三発と魚雷三本を喰らっていた。

爆撃による火災はまもなく消し止めたが、左舷中央に喰らった最後の魚雷が空母「サラトガ」の運命を決定付けた。

周知のとおり応急修理で出撃していた「サラトガ」は左舷・防水区画の補強工事を完全には終えておらず、アキレス腱ともいえるその近くに、魚雷二本を喰らってしまった。左舷に命中した二本の魚雷はいずれも第二波攻撃隊が投じたものだったが、それでも「サラトガ」は一本目の魚雷にはよく耐えていた。

しかし、二本目の魚雷を喰らった直後に、「サラトガ」の耐久力は完全に限界を超えてしまい、機関部にまで海水が一気に流れ込み、ついに航行を停止した。

機関科兵を脱出させる必要があり、もはや自力航行が不可能となったのはあきらかだったが、エスピリトゥ・サント島までの距離はさほど離れていない。そこで艦長のデヴィット・C・ラムゼイ大佐は、なんとか同島まで「サラトガ」を曳航《えいこう》しようとしたが、結局、海水の流入を止めることができず、「サラトガ」は左へ傾きながらゆっくりと沈み始めた。

やがて艦の傾斜は一五度に達し、もはやこうなると、いつ転覆してもふしぎではない。曳航するのも不可能なため、ラムゼイ艦長は総員退去を命じ、午前九時五〇分にみずからも退艦した。

そして空母「サラトガ」は、その一時間半後に海上からすがたを消すことになる。

「司令官！『サラトガ』がたった今、航行を停止し、浸水が止まらぬようです」

午前九時三五分ごろにそう報告を受け、キンケイドはがっくり肩をおとしていたが、敵機による空襲はそれで終わりではなかった。

その南方・約一五海里の洋上では、関少佐の率いる降下爆撃隊も三隻目の空母「ホーネット」に襲い掛かっていた。

関少佐の本隊は、南下中に別のグラマンから襲撃を受けてまず艦爆一機を失い、「ホーネット」へ突入後も対空砲火によって四機を失っていた。

結局、投弾に成功した艦爆は一三機にすぎなかったが、二五分に及ぶ猛攻の末に爆弾二発を「ホーネット」に命中させていた。

だが、二発の爆弾はいずれも飛行甲板の前部に命中しており、「ホーネット」に致命傷を負わせることはできなかった。

空母「ホーネット」は一〇分ほどで消火に成功し、二〇ノットの速力を維持していたが、飛行甲板・前部がすっかり破壊され、さすがに攻撃隊の発進は不可能になっていた。

それでも沈むような気配はなく、午前九時三五分過ぎに日本軍爆撃機が上空から飛び去ると、空母「ホーネット」に座乗するジョージ・D・マレー少将は、「エンタープライズ」のキンケイド少将に被害状況を急ぎ報告した。

「爆弾二発を受けるも『ホーネット』は二〇ノットでの航行が可能！　飛行甲板が半壊し攻撃隊は出せないが、帰投機の収容は可能で、あと一五分ほどで戦闘機の運用も可能になる！」

もう一隻の味方空母「ホーネット」が致命傷をまぬがれたとわかり、キンケイドはひとまず安堵の表情を浮かべたが、これで満足に戦える空母は座乗艦の「エンタープライズ」一隻のみとなってしまった。

その「エンタープライズ」も速力が二三ノットに低下しており、一度に発進可能な機数は四〇機程度でしかないが、「ホーネット」も戦闘機の運用は可能なため、キンケイド少将はまだまだ戦いをあきらめてはいなかった。

——日本軍機動部隊は全力攻撃を仕掛けて来たにちがいなく、いましばらくは敵機が来襲するようなことはないはずだ！　その間に出した攻撃機を収容して、隙あらば「エンタープライズ」の艦載機で攻撃隊を再編制、敵空母にもう一度、攻撃を仕掛けてやる！

キンケイドは強気にそう考えたが、それもそのはず。日本軍機動部隊へ向けて放った味方攻撃隊もまた、日本軍の空母〝数隻にかなりの損害をあたえた！〟と、キンケイドはこの時点で確信していた。

それに、上空へ来襲した日本軍機もかなりの数を撃墜していたし、ハルゼー中将の艦隊司令部も依然として『キル・ザ・ジャップ！』と、信号し続けていた。

——これまでは互角以上の戦いを演じている。ここが踏ん張りどころで軍を退く手はない！　ガ島近海から日本の空母を一掃してやる！

キンケイドは闘志をあらたにし、まずは味方攻撃隊を収容するために「ホーネット」に北上をもとめた。マレー少将はそれに応じて、キンケイド部隊との合同を命じたのである。

それは午前九時四五分のことだった。

6

第一機動艦隊がトラックから出撃する前に各母艦に搭載する戦闘機の比率を高めておいたが、それでも日本軍攻撃隊は、予想をはるかに上まわる損害機数を計上していた。

撃墜をまぬがれ帰途に就くことのできた攻撃機は、第一波攻撃隊が零戦三四機、艦爆三〇機、艦攻二一機の計八五機。第二波が零戦三〇機、艦爆二二機、艦攻二四機の計七六機。合わせて一六一機が母艦で収容されるが、収容後に零戦一機、艦爆四機、艦攻三機の計八機が修理不能と判定されるため、実際に再出撃可能な帰投機は一五三機にすぎなかった。

一波、二波を合わせて二四三機の攻撃機を出撃させたのだから、小沢機動部隊は一度に九〇機を失ったことになり、その損耗率は三七パーセントに達していた。

逆に再発進可能なものは零戦六三機、艦爆四八機、艦攻四二機の計一五三機だから、六三パーセントの攻撃機が生き延びたことになる。

第一波攻撃隊に多くの零戦を集中した効果はあったのか、なかったのか。それは効果があったのにちがいなく、米艦隊を護るワイルドキャットも六〇機から大きく数を減らして、今や二四機となっていた。零戦は九〇機が出撃して、二七機を失いながらも、三六機のワイルドキャットを撃墜していたのである。

だが、この数字をみてもわかるとおり、零戦の強さはもはや絶対的ではなくなっていた。

迎撃に徹したワイルドキャットは零戦に対してかなり善戦しており、三六機を失いながらも九〇機の日本軍機を撃墜もしくは撃退してみせた。けれども、小沢機動部隊が失った九〇機の攻撃機のうちの、およそ三分の一を対空砲火による被害が占めていた。

ミッドウェイ戦後、輪形陣を徹底した米艦隊の防空力は一段と強化されており、第一波への戦闘機集中が、思うように効果を挙げられなかったのは、そのためだったといえる。

午前八時一八分。第一波攻撃隊の艦爆や艦攻が米空母へ次々と襲い掛かっていたころ、はるか北西上空では、米軍・第一次攻撃隊と零戦の戦いが始まろうとしていた。

日本の空母もすでにレーダーを装備している。

この時点で「大鳳」「翔鶴」「飛鷹」の三空母が対空見張り用レーダーを装備しており、小沢中将が急ぎ発進を命じると、艦隊防空用に残されていた零戦五一機が五分以内に飛び立ち、自軍艦隊の手前（南東）およそ三五海里の上空で迎撃態勢をととのえた。

来襲したのはいうまでもなく米軍攻撃隊の第一群だった。その数ちょうど一〇〇機。

第一群には二四機のワイルドキャットが随伴していたが、二倍以上のゼロ戦から波状攻撃を受けて、ワイルドキャットは防戦一方となり、ドーントレスやアヴェンジャーも一機、また一機と撃ち落とされていった。

そのような攻撃が一〇分以上も続いたのだから米軍攻撃隊はたまらない。零戦もまた、迎撃戦に徹すると、神がかり的な強さを発揮した。

午前八時二九分。米軍攻撃隊の指揮官機がようやく眼下の洋上に日本軍の主力空母三隻を発見したが、そのときにはもう、零戦が一〇機のワイルドキャットを撃墜し、ドーントレス三四機とアヴェンジャー一五機の計四九機を味方艦隊上空から退散させていた。

零戦は、それら四九機の敵機のうちの二八機を完全に撃墜していたが、決して深追いはせず、まずは米軍攻撃機を上空から撃退することに重点を置いていた。

ワイルドキャットを除いて残る第一群の攻撃機は、ドーントレス一八機、アヴェンジャー九機の計二七機となっている。さすがの零戦もすべての敵機を撃退することはできなかったが、第一群は対空砲火によってさらにドーントレス四機とアヴェンジャー二機を失った。

日本軍艦艇の対空兵器は、米軍に比べると命中率も低かったが、それでも戦艦「比叡」「霧島」の主砲から撃ち出される三式弾は効果覿面《てきめん》で、飛び散る火焔《かえん》によって米軍パイロットを恐怖におとしいれ、アヴェンジャー雷撃機を簡単には寄せ付けなかった。

狙われたのは、空母群の先頭をゆく「大鳳」「翔鶴」の二空母だった。投じられた魚雷は七本。両空母はそれら魚雷を難なくかわしたが、ドーントレス爆撃機の練度はやはり高かった。

左右に分かれて回頭した「大鳳」「翔鶴」は三〇ノット以上の高速で疾走し続け、投じられた爆弾をつぎから次へとかわしてみせたが、さすがにすべての爆弾をかわすことはできず、「大鳳」が爆弾二発、その右をゆく「翔鶴」もついに爆弾一発を喰らった。

命中した爆弾は三発とも一〇〇〇ポンド爆弾だった。それだけではない。

第一群の米軍機が空母へ襲い掛かっている、そのあいだに、第二群の米軍攻撃隊も艦隊近くまで迫っており、急ぎ取って返した零戦がしゃかりきとなって新手の敵機群に襲い掛かっていた。

しかし、敵機・第二群はもはや機動部隊の手前およそ二〇海里の上空まで近づいており、さしもの零戦も二度ほど攻撃を仕掛けるのが精いっぱいだった。

零戦の数も四二機に減っていた。しかしそれでも零戦は、六機のヘルキャットをまず撃墜し、二五機の米軍攻撃機を撃墜もしくは撃退してみせたが、それが限界だった。

残る第二群の攻撃機は、ドーントレス一八機とアヴェンジャー一三機の計三一機。

小沢機動部隊はさらにドーントレス二機とアヴェンジャー一機を対空砲火で撃ち落とすも、今度は「大鳳」「瑞鶴」「飛鷹」の三空母が、第二群の米軍攻撃機から狙われた。

すでに右へ大回頭していた「翔鶴」は西へかなり離れて疾走し続けており、旗艦「大鳳」の後方に続いていた空母「瑞鶴」と「飛鷹」があらたに狙われた。

真っ先に降下した三機のドーントレスのうちの一機が「大鳳」に三発目の一〇〇〇ポンド爆弾を命中させると、残るドーントレス一三機とアヴェンジャー一二機は、「瑞鶴」と「飛鷹」に分かれて襲い掛かった。

なるほど、「大鳳」の艦上からはすでに三スジの黒煙が昇っており、残る米軍攻撃機は「大鳳」をすでに〝大破した！〟と判断したのだった。

無理もないが、ドーントレスの技量はやはり確かで、残るドーントレスは、「瑞鶴」にまず爆弾二発を命中させて、さらに「飛鷹」にも爆弾一発を命中させた。

ただし、「飛鷹」に命中した爆弾は破壊力に欠ける五〇〇ポンド爆弾で、「瑞鶴」に命中したうちの一発も五〇〇ポンド爆弾だった。

そして、「金剛」「榛名」の砲撃に悩まされながらも、ついに一機のアヴェンジャーが雷撃に成功し、空母「瑞鶴」の左舷に魚雷一本を命中させたのである。

米軍攻撃隊の猛攻は午前九時に終わり、洋上は再び静けさを取りもどした。夢中で暴れまわっていた米軍機もすっかりすがたを消し、上空では激しい戦いを乗り切った三三機の零戦が、被弾した空母をいたわるようにして飛んでいた。

米軍攻撃隊から三〇分にわたる猛攻を受け、結局、「大鳳」に爆弾三発が命中し、「翔鶴」にも爆弾一発が命中、さらに「瑞鶴」には爆弾二発と魚雷一本が命中し、「飛鷹」にも爆弾一発が命中していた。

大型空母三隻をはじめとする四空母が被弾していたが、爆弾が命中するたびに帝国海軍の空母艦上から黒煙が昇り、「瑞鶴」に魚雷が命中した瞬間には、その舷側から巨大な水柱も昇った。

しかも一時間三〇分ほど前には、エンタープライズ索敵爆撃隊が日本軍の大型空母一隻に爆弾二発を命中させていたため、一六八機を率いてこの空襲を指揮した米軍攻撃隊の隊長は、少なくとも日本軍の〝主力空母三隻を大破して一隻を中破した！〟と確信し、この赫々《かくかく》たる戦果を「エンタープライズ」へ打電したのだった。

「司令官！　帰投中のわが攻撃隊が〝敵空母四隻を撃破し、うち三隻を大破した！〟と報じております！」

午前九時一〇分ごろに通信参謀がそう報告すると、キンケイド少将は喜色満面となって、むろんこの戦果報告にうなずいた。

――よし、よくやった！　出て来た日本の空母は全部で六隻だから、これで無傷の敵空母は二隻でそのうちの一隻は軽空母のはずだ！　……被弾した敵空母のうちの三隻は戦闘力を失い、おそらくもう一隻もしばらくは戦えまい！

ただちに作戦可能な日本の空母が軽空母一隻と主力空母一隻の二隻のみだとすれば、味方は「エンタープライズ」が戦闘力を維持しており、「ホーネット」も戦闘機を飛ばせるので、戦いは〝ほぼ互角〟とみても差し支えなかった。

しかし、キンケイドのみならずハルゼー中将も日本軍・主力空母五隻の飛行甲板が〝かなりの装甲で鎧《よろ》われている〟という重大な事実に、いまだ気づいていなかった。

はたして、索敵爆撃隊による命中弾もふくめて爆弾四発（五〇〇ポンド爆弾三発、一〇〇〇ポンド爆弾一発）と、さらに魚雷一本を喰らっていた装甲空母「瑞鶴」は、大破にちかい損害を受けてたしかに戦闘力を喪失していた。

それでも艦長の野元為輝大佐は、一時間ほどで飛行甲板を復旧する自信があり、「瑞鶴」を戦場にとどめるよう小沢中将に懇願したが、味方攻撃隊は大量の機を喪失しており、機動部隊は残る艦載機を運用するのに、もはや「瑞鶴」を必要としていなかった。「瑞鶴」なしでも残る五空母で艦載機をさばけるのだ。

そうなると、「瑞鶴」を戦場にとどめる意味はほとんどない。あるいは「瑞鶴」が魚雷を喰らっていなければ、小沢も野元艦長の申し出を容れていたかもしれないが、喫水線下に軽微とはいえない被害が出たため、艦隊司令部は大事を取って「瑞鶴」に引き揚げを命じたのだった。

やがて「瑞鶴」がトラックへ引き返し、日本の主力空母一隻はたしかに戦力外となった。

ところが、三発の一〇〇〇ポンド爆弾を喰らった「大鳳」は悠々と航行しており、それぞれ爆弾一発ずつを喰らった「翔鶴」と「飛鷹」も平然と航行を続けていた。

空母が爆撃を受けるのは予想されたことで、「大鳳」の場合は、被弾するや飛行甲板・脇のポケットから兵員がただちに飛び出し、五分ほどで火を消し止めた。

そして消火後は、断ち切られた制動索などを迅速に張り換えて、「大鳳」は一五分後には零戦の収容に加わった。むろん九五ミリの装甲が一〇〇〇ポンド爆弾の直撃に耐えたので、こうした復旧が可能だったのである。

同様に、「飛鷹」の飛行甲板に張られた五八ミリの装甲も五〇〇ポンド爆弾の直撃に耐えてみせたが、「翔鶴」の場合は、五〇〇ポンド爆弾ではなく一〇〇〇ポンド爆弾を喰らっていた。

ただし、命中した爆弾は一発で済み、「翔鶴」は飛行甲板を貫通されて上部格納庫で火災が発生したものの、およそ一〇分で消火に成功し、三〇分後には飛行甲板にあいた破孔も塞いで、戦闘力を維持することができたのだった。

「大鳳」「翔鶴」はなおも三〇ノット以上の速力を発揮でき、「飛鷹」も二九ノットを発揮できた。

キンケイド少将は、少なくとも〝敵空母三隻が大破して戦闘力を喪失した！〟と考えたが、実際には「瑞鶴」一隻が戦場から離脱したにすぎなかったのである。

7

午前九時五〇分ごろから艦隊上空へ第一波の攻撃機が順次帰投し始め、機動部隊はそれら帰投機を「瑞鶴」以外の五空母で収容した。

空母「翔鶴」は飛行甲板の孔を塞ぎ、ちょうど応急修理を終えていた。

さらに午前一〇時一五分ごろから第二波の攻撃機も艦隊上空へ帰投し始め、その収容作業も午前一〇時三五分には完了、その時点で直掩機や索敵機の収容もすっかり終えていた。

そして、帰投機などの報告によって、日米両軍機動部隊の距離は、午前一〇時三〇分過ぎの時点で〝一八〇海里ほどしか離れていない！〟ということが判明した。

米軍艦載機の攻撃圏内だが、米空母三隻のうちの一隻を廃艦同然にし、残る二隻にも大破にちかい損害をあたえたと報告されたので、小沢中将はさらに距離を詰めて二次攻撃を仕掛けようとしていた。

とはいえ、再出撃可能な機を選別して、第三波攻撃隊の出撃準備をととのえるのにたっぷり一時間以上は掛かる。

第三波の発進予定時刻は午前一一時四五分とされ、それまで敵艦隊との接触を保つために、小沢中将はまず午前一〇時五〇分に六機の二式艦偵を索敵に出した。

二波に及ぶ攻撃と迎撃戦で、味方は一〇〇機以上を喪失していたが、それでも五空母の艦上には二〇〇機ちかくの航空兵力が残されていた。

【第一航空戦隊】　司令官　小沢中将直率

・重装空「大鳳」　搭載機数・計五一機

（零戦二四、艦爆一八、艦攻九）

・装甲空「翔鶴」　搭載機数・計五四機

（零戦二四、艦爆一二、艦攻一八）

【第二航空戦隊】　司令官　角田覚治中将

・装甲空「飛鷹」　搭載機数・計三六機

（零戦一八、艦爆九、艦攻九）

・装甲空「隼鷹」　搭載機数・計三六機

（零戦一八、艦爆九、艦攻九）

・軽空母「瑞鳳」　搭載機数・計一八機

（零戦一二、艦爆なし、艦攻六）

二式艦偵六機を索敵に出し、索敵から帰投して来た艦攻九機を今後は攻撃に使う。そのため午前一一時の時点で、小沢機動部隊の航空兵力は零戦九六機、艦爆四八機、艦攻五一機の計一九五機となっていた。

ただし、これら艦載機のうちの三〇機ちかくがいまだ修理を完了していなかった。それら損傷機をすっかり修理するのに、たっぷり一時間以上は掛かりそうだったが、そんな悠長なことはいっておられない。

そこで小沢中将は幕僚の進言を容れ、とりあえず発進可能な機で第三波攻撃隊を編成し、残存の敵空母に対して可及的すみやかに攻撃を仕掛けることにした。

第三波攻撃隊／攻撃目標・残存米空母二隻
①重装空「大鳳」／零戦九、艦爆一八
①装甲空「翔鶴」／零戦九、艦攻一八
②装甲空「飛鷹」／零戦六、艦爆九
②装甲空「隼鷹」／零戦六、艦攻九
②軽空母「瑞鳳」／零戦六、艦攻六
※○数字は各所属航空戦隊を表わす。

第三波攻撃隊の兵力は、零戦三六機、艦爆二七機、艦攻三三機の計九六機。

仕切り直しとなる第三波だが、零戦は増槽を装備していない。発進準備は予定どおり午前一一時四五分にととのい、小沢中将は善は急げとばかりに出撃を命じた。

二式艦偵は、折りしも八分ほど前に敵空母との接触に成功していた。

同機の報告によると、米空母三隻のうちの一隻はすでに沈没したにちがいなく、残る〝敵空母は二隻！〟との通報があった。彼我の距離はやはり一八〇海里ほどで米空母の艦上には続々と艦載機が並べられつつある。どうやら敵機動部隊も〝二度目の攻撃を準備しているのにちがいない！〟と小沢は直感した。

そんななか第三波攻撃隊は午前一一時五七分に発進を完了したが、もう一度〝米軍攻撃隊が来襲するかもしれない……〟と考えた小沢は、続いて出す第四波攻撃隊の零戦をかなり減らし、全部で四二機の零戦を艦隊防空用として手元に残すことにした。

午後零時二五分には、首尾よく第四波攻撃隊の発進準備もととのい、第四波にも六〇機ちかくの攻撃機を準備することができた。

第四波攻撃隊／攻撃目標・残存米空母二隻
①重装空「大鳳」／零戦三、艦攻九
①装甲空「翔鶴」／零戦三、艦爆一二
②装甲空「飛鷹」／零戦六、艦攻九
②装甲空「隼鷹」／零戦六、艦爆九
②軽空母「瑞鳳」／出撃機なし
※○数字は各所属航空戦隊を表わす。

第四波攻撃隊の兵力は、零戦一八機、艦爆二一機、艦攻一八機の計五七機。

——二度目の全力攻撃だ。敵もどうやら攻撃して来るようだが、望むところだ！

小沢中将が満を持して出撃を命じると、第四波攻撃隊もまた、午後零時三五分には、その全機が発進して行った。


いっぽう、キンケイド少将も負けていない。

日本の空母を攻撃した第一次攻撃隊の第一群がまず、午前一〇時五分ごろから艦隊の上空へ帰投し始め、次いで、午前一〇時二五分には第二群の攻撃機も順次帰投して来た。

それら帰投機を「エンタープライズ」と「ホーネット」で収容したが、「ホーネット」はすばやい収容が不可能なため、全機を収容し終えたのは午前一〇時五〇分のことだった。

キンケイド少将はただちに再出撃可能な機を選別し、「エンタープライズ」艦上に続々と攻撃機を並べていった。幸い「エンタープライズ」の索敵爆撃隊はその多くが帰投しており、空母「サラトガ」「ホーネット」から移動した爆撃機や雷撃機をふくめると、五〇機以上の攻撃機を再び準備することができた。

そして「エンタープライズ」の負担を減らすために、援護戦闘機は「ホーネット」から出すことにした。第一次攻撃隊のワイルドキャットは一八機が生還し、この時点で戦闘機の総数は四二機となっていた。そのうち一二機を「ホーネット」から出し、残る三〇機を艦隊防空用として両空母の艦上へ残すことにした。

第二次攻撃隊／攻撃目標・残存敵空母
・第一六任務部隊　指揮官　キンケイド少将
空母「エンタープライズ」　出撃機五二機
（ＳＢＤ三六、ＴＢＦ一六）
・第一七任務部隊　指揮官　マレー少将
空母「ホーネット」　出撃数一二機
（Ｆ４Ｆ一二）

第二次攻撃隊の兵力は、ワイルドキャット一二機、ドーントレス三六機、アヴェンジャー一六機の計六四機。

ドーントレスのうちの一二機は五〇〇ポンド爆弾を装備しており、残る二四機は一〇〇〇ポンド爆弾を装備していた。

現状では、「エンタープライズ」一隻から出撃できる攻撃機の数は四〇機が限度だった。一二機のドーントレスは五〇〇ポンド爆弾の搭載で我慢したその分、ガソリンを多めに積んでおり、まずはこれら一二機を先に発進させて上空で二〇分ほど待機させておく。その上で、残るドーントレスやアヴェンジャー計四〇機を発進させて、「ホーネット」発進のワイルドキャット一二機と合同させることにした。はたして午前一一時三五分には、第二次攻撃隊の発進準備がととのった。

キンケイド少将はただちに出撃を命じたが、全機が発進を終えるのにたっぷり四〇分を要し、空母「エンタープライズ」から最後のアヴェンジャー雷撃機が飛び立ったのは午後零時一五分のことだった。

こうして二の矢を継いだのはよいが、日本軍機動部隊も、もう一度攻撃を仕掛けて来る可能性が充分にある。

——残存の敵空母もおそらく二隻だ。こちらが出したのとほぼ同程度（六〇機前後）の日本軍機が来襲する可能性はあるだろう……。

キンケイドはそう覚悟していたが、日本の空母はいまだ五隻が戦闘力を維持しており、小沢中将は、実際には第三波、四波を合わせて一五三機に及ぶ攻撃機を出撃させていたのである。

もはや時計の針はもどらなかった。

8

戦艦「サウスダコタ」のレーダーが再び日本軍機の接近をとらえたのは、午後零時三五分過ぎのことだった。

「司令官、敵攻撃隊です！　その数およそ一〇〇機！　……敵機群はあと三五分ほどでわが上空へ進入して来ます！」

通信参謀はそう報告したが、これを聞いてキンケイドは耳を疑わざるをえなかった。

「なにっ！　一〇〇機だと!?」

予想よりかなり数が多いが、とにかくワイルドキャットを迎撃に上げるしかない。

「急ぎ、全戦闘機を発進させて、敵機の進入を徹底的に阻止せよ！」

キンケイドは反射的にそう命じたが、一〇〇機もの日本軍機が本当に来襲したとすれば、ワイルドキャット三〇機ではもの足りないのはあきらかだった。

——おそらくそんなことはないだろう……。

キンケイドは〝一〇〇機！〟という報告をほとんど信じていなかったが、かれのかぼそい期待はまもなくやぶられた。

時計の針が午後一時を指す前に、艦隊北西の上空で空中戦が始まり、迎撃に向かったワイルドキャットは、三〇機以上のゼロ戦を相手にたちまち苦戦を強いられたのだ。

来襲したのはむろん第三波攻撃隊で、そこには三六機の零戦が護衛に付いていた。零戦は一機でグラマン一機を相手にして戦うだけでよく、残る六機は攻撃隊本隊に張り付いていた。

零戦の追撃から逃れたグラマンが時折り本隊に襲い掛かって来るが、直衛隊の零戦六機がこしゃくなグラマンを容赦なく蹴散らす。

零戦に喰い付かれるとワイルドキャットの高度はどうしても下がり、下手に上昇しようとあらがうと、すぐに喰われてしまう。

そのため、ワイルドキャットは一旦降下して零戦の追撃を振りはらうしかないが、それから上昇に転じて、日本軍の艦爆や艦攻へ襲い掛かろうとすると、待ち構えていた六機の零戦からたちまち反撃を喰らうのだった。

いたちごっこのようなせめぎ合いがくり返されたが、ワイルドキャットはおよそ撃たれ強く、懲りずに攻撃を仕掛けて来る。しかし、空戦の輪は次第に艦隊の方へ近づき、第三波攻撃隊はついに敵艦隊の上空へ達した。

一五分に及ぶ戦いの末に、ワイルドキャットは一三機を失いながらも零戦八機、艦爆三機、艦攻五機を撃墜したが、それら一六機を撃ち落とすのが精いっぱいだった。

午後一時一四分。第三波攻撃隊を再び率いて出撃していた江草少佐は、洋上に二隻の米空母を相次いで発見し、待ってましたとばかりに突撃命令を発した。

「全軍突撃せよ！（トトトトトッ！）」

残る兵力は艦爆二四機、艦攻二八機の五二機となっていたが、午前中にもこれら敵空母を攻撃しており、米空母はもはや二隻とも手負いとなっているはずだった。

——よし！　敵空母の動きは鈍い。五〇機もあれば充分だ！

江草の観察眼にくるいはなかった。

空母「エンタープライズ」の速力は二三ノットに低下しており、空母「ホーネット」の速力も今や二〇ノットに低下していた。

対空砲火は依然として激しいが、前回ほどではない。連携して攻撃隊を出すために両空母はすっかり合同しており、江草としてはそのことがなにより有り難かった。

江草自身は第一波攻撃隊を率いて一度「ホーネット」を爆撃している。それが北上して「エンタープライズ」と〝合同したのだ！〟ということに江草はすぐに気づいた。そして、あきらかに艦容の異なるサラトガ型空母のすがたはすでに洋上になく、江草は、まず「ホーネット」の攻撃に艦爆一一機と艦攻一五機を差し向け、みずからは残る艦爆一三機と艦攻一三機を直率して「エンタープライズ」へと襲い掛かった。

江草の示した攻撃方針に応じ、各隊長機が次々とツ連送を発して、待ってましたとばかりに狙う空母へ突入してゆく。「ホーネット」へ向けて突入した雷撃隊は村田少佐が率いていた。

矢のような砲火が上空を飛び交い、艦爆や艦攻がまたもや火だるまとなって落とされてゆく。しかし、攻撃隊はそれをものともせず突っ込み、渾身の魚雷、爆弾を投じていった。

それをかわそうとするも、両空母の速度はなかなか上がらない。舵の利きにも切れがなく、回避運動はいつになく緩慢だった。

すさまじい日本軍機の猛攻が三〇分ちかくも続き、第三波攻撃隊はさらに艦爆三機と艦攻四機を失いながらも、「エンタープライズ」に爆弾三発と魚雷二本、「ホーネット」にも爆弾二発と魚雷三本を突き刺した。

爆弾が命中したその瞬間、オレンジ色の閃光がひらめき、艦が爆炎に呑み込まれてゆく。そこへ魚雷が何本も襲い掛かり、両空母の舷側を容赦なく一気に突き刺す。

第三波攻撃隊の技量は高く、歴戦の空母「エンタープライズ」も、もはや艦を支えきることができなかった。それもそのはず。三度にわたる空襲で、「エンタープライズ」に命中した爆弾はすでに五発をかぞえ、魚雷の命中も全部で五本に達していた。

爆弾や魚雷を次々と喰らい、キンケイド少将も阿鼻叫喚《あびきようかん》の様相で絶句している。

――なっ、なぜだ！　敵空母はいったい何隻、戦闘力を維持しているのだっ⁉

そして、二本目の魚雷を喰らった直後に、さしものキンケイドも観念した。

――やっ、やられた！　どうやら神はわれわれを見はなしたようだ……。

キンケイドの悪い予感は的中した。

空母「エンタープライズ」は大量の浸水をまねいて左へ大きく傾き、飛行甲板の左端がもはや海へ浸ろうとしていた。

「司令官！　退艦ください。残念ですが、本艦はまもなく沈みます！」

艦の傾斜がいっこうに止まらず、艦長のオズボーン・B・ハーディソン大佐がそう告げると、キンケイドも黙って従うほかなかった。

キンケイドはやがて艦橋を後にしたが、もはや敗北は決定的だった。

同時に空襲を受けた「ホーネット」も、三度にわたる空襲ですでに爆弾七発と魚雷四本を喰らっており、完全に航行を停止していた。

それでもひときわ全長の長い「ホーネット」は予備浮力が大きく、いまだに沈むような気配を見せないが、艦長のチャールズ・P・マッソン准将は早々と曳航をあきらめ、すでに総員退去を命じていた。

マレー少将もその決定を認めていたが、それもそのはず。時刻は午後一時五〇分になろうとしており、上空にはすでに新たな敵機群が現れてワイルドキャットを蹴散らし、今まさに攻撃を開始しようとしていたのだった。

第三波・零戦との戦いで、上空を護るワイルドキャットの数は、一三機となるまでに激減していた。そこへ、日本軍の第四波攻撃隊が現れて、零戦一二機が猛然と襲い掛かる。ワイルドキャットの高度はめっきり低下しており、もはやまともに太刀打ちできなかった。

それでも、果敢なグラマン二機が第四波本隊の下方から猛然と突き上げてきたが、本隊には六機の零戦が直衛に残っており、二機のワイルドキャットは、それら零戦から返り討ちに遭って粉々に砕け散った。

零戦が〝ここぞ！〟とばかりに容赦なく二〇ミリ弾を撃ち掛け、二機のワイルドキャットはその餌食となったのである。

第四波攻撃隊は再度、関少佐が指揮官となって出撃していた。

まんまと敵艦隊上空への進入に成功し、関機が突撃命令を発しようとしたその刹那に、後方から猛然と近づいて来る一機があった。

――やっ、まだ、グラマンがいたかっ!?

関は思わず眉をひそめたが、それは敵戦闘機ではなく、江草少佐の艦爆だった。

しきりにバンクを振っているので、関もほっと息を吐いたが、風防越しに江草が手振りを交えてなにか言おうとしている。関が急いでレシーバーを耳に当てると、その声がうるさいほどの大きさで聞こえた。

『一隻はもう沈む！　南のヤツ（ホーネット）の右舷から雷撃し、とどめを刺せ！　余った艦爆や艦攻で〝戦艦〟をやるべきだ！』

関が即座にバンクを振ってこれに〝了解！〟と応じるや、江草機は北西へきびすを返し、悠々と飛び去って行った。

なるほど米空母は二隻ともすでに航行を停止しており、一隻は左へ大きく傾き、もう一隻も右へかなり傾いていた。そして、左へ傾いた敵空母の近くには、たしかに戦艦が存在した。

――なるほど、アレをやれというのだな……。

アレというのはむろん戦艦「サウスダコタ」のことで、左へ傾いた「エンタープライズ」の飛行甲板はもはや三分の一ほどが水没していた。関はそれを〝沈む!〟とみて、「ホーネット」の右舷側からまず三機の艦攻を差し向け、しばらく様子をうかがった。

気を付けるべきはグラマンの動きだが、米軍戦闘機はもはやちりぢりとなって退散し、第四波の零戦がすっかり上空を制圧している。

空母が二隻とも航行を停止し、対空砲火もさすがにまばらとなっている。敵駆逐艦は救助に忙しそうで、巡洋艦などがなおも高角砲を撃ち上げてきたが、その砲火に悩まされながらも、差し向けた艦攻三機は、狙う空母の右舷舷側にきっちりと魚雷一本を突き刺した。

この魚雷がいかにもとどめとなった。

空母「ホーネット」はさらに傾斜を強め、得体の知れないぶきみな音を発しながら、ゆっくりと波間へ没し始めたのである。

——よし! これでまちがいなく、二隻とも沈むだろう……。

そう確信するや、関は俄然一隻の戦艦に視線を落とし、その動きをつぶさに観察した。

護るべき空母を廃艦同然にされ、まごついた敵戦艦は、左へ大きく傾いた空母の傍を二〇ノットちかくで周回していた。

そして、サウスダコタ艦長のトーマス・L・ガッチ大佐が〝次はオレの番だ!〟と気づいたときには、もうおそかった。

関少佐の艦爆が先頭を切って突っ込み、残る艦爆二〇機と艦攻一五機もつぎから次へと「サウスダコタ」に襲い掛かった。

ガッチ大佐はさらに空母が空襲されるもの、と思い込んでいたが、関機以下はそのちょっとした油断にすかさず付け入った。

関が、空母は〝確実に沈む！〟と即座にふん切れたのは、いかにも江草少佐からの助言があってのことだった。

敵機が〝自艦に殺到しつつある！〟と気づいたガッチ大佐は、慌てて増速を命じ、ありったけの対空砲をぶっ放して南への遁走《とんそう》を企《くわだ》てた。

が、速度が上がり切る前に、「サウスダコタ」は爆弾二発と魚雷一本を喰らってしまった。

対空砲火で艦爆、艦攻二機ずつを返り討ちにしたものの、魚雷命中による浸水で二五ノット以上に速度が上がらず、さらに爆弾三発と魚雷一本を喰らって、速度がいよいよ二三ノットちかくまで低下してしまった。

もはやこうなると、戦闘力が半減したといってよく、なるほど爆撃の影響で「サウスダコタ」の第三砲塔は旋回不能におちいっていた。

さすがに新型戦艦だけのことはあり、沈むような気配はまったくみせなかったが、これで使える主砲は第一、第二砲塔の六門のみとなり、艦長のガッチ大佐はそのままエスピリトゥ・サント島へ同艦を退避させて、応急修理を受けることにしたのである。

猛威を振るっていた日本軍機も飛び去り、時刻は午後二時三〇分になろうとしていた。

ガッチ大佐から報告を受けて、愕然としたのは戦艦部隊指揮官のリー少将だった。いや、なけなしの主力戦艦「サウスダコタ」が大破にちかい損害を受けたと知り、ハルゼー中将もまた、大きな衝撃を受けた。

じつは、「サウスダコタ」は空母戦が決着したあとで、ただちにリー少将の指揮下へ入ることになっていた。リーが座乗する戦艦「ワシントン」とともに水上打撃部隊を編成し、ガ島に近づこうとする日本軍艦艇や輸送船などを、両戦艦の砲力でことごとく駆逐する計画だったのだ。

ところが、その一角である「サウスダコタ」がもろくも大破にちかい損害を受けたのだからたまらない。九月には戦艦「ノースカロライナ」も日本軍潜水艦から雷撃を受け、戦線離脱を余儀なくされていたのでなおさらだが、速力が二三ノットに低下したのでは、いざ、というときに「ワシントン」と統一行動を執るのがむつかしい。

さしものハルゼー中将も為す術《すべ》がなく、しぶしぶながら「サウスダコタ」の戦線離脱を認めざるをえなかった。

「後部の主砲三門は満足に射撃できませんし、左舷に大量の浸水をまねいて艦が傾斜し、残る主砲六門も本来の命中精度を期待できません！」

そう言って自重をうながしたのは、ハルゼー中将腹心の部下であるマイルズ・R・ブローニング大佐であった。

頑固なハルゼーもブローニングの言うことだけは非常によく聴く。このときもそうでハルゼーは不本意ながら黙ってうなずいた。

「万一のことがあっては一大事です。私も残念でなりませんが、ここは一旦『サウスダコタ』を戦力外とし、しばらくのあいだ修理に専念させましょう」

ブローニングが諭《さと》すようにそう言及すると、ハルゼーもいよいよ戦艦「サウスダコタ」の撤退を認めたのだった。

「ああ、わかった。……やむをえまい」

こうして「サウスダコタ」と「ワシントン」の合同は中止されることになるが、肝心の空母戦はまだ、完全には決着が付いていなかった。

9

空母「エンタープライズ」「ホーネット」から飛び立った第二次攻撃隊は、小沢機動部隊の上空をめざして着実に進撃していた。

キンケイド少将が大いに期待して送り出した計六四機の攻撃機だったが、日本の空母はいまだ五隻が健在であり、小沢中将は敵機の来襲を見越して四二機の零戦を手元に残しておいた。

——第二次攻撃隊が残存の日本軍空母を撃破してくれるにちがいない！

キンケイド少将はそう信じていたが、米軍・第二次攻撃隊もまた、日本軍艦艇のレーダー探知を避けることはできなかった。

午後一時ちょうど。旗艦「大鳳」の対空見張り用レーダーが敵機群の接近を探知し、小沢中将はただちに四二機の零戦に発進を命じた。

通信参謀は午後一時三五分ごろに敵機が上空へ来襲すると報告したが、飛び立った零戦四二機は午後一時一九分に抜かりなく米軍攻撃隊の発見に成功し、これを自軍艦隊の手前およそ三五海里の上空で迎え撃った。

——日本軍ももはや相当に戦闘機を消耗しているはずだ……。

第二次攻撃隊を率いる米軍指揮官はそう考えていたが、前方上空に四〇機を超えるゼロ戦が現れたのには驚くしかなかった。

――な、なにっ、ほとんど数えきれないほどいるじゃないかっ！

そう思い、隊長のラムゼイ少佐が顔をしかめるのも無理はなかった。味方攻撃機を護るワイルドキャットはわずか一二機しかいない。

敵空母への攻撃を成功させるには、どう考えても戦闘機の護衛が足らず、敵の兵力を見誤り、わずかな戦闘機の護衛で出撃させた司令部の無策をラムゼイは恨んだ。

しかし、ゼロ戦の群れはもはや指呼の間まで迫っており、いまさら戦いを捨てて引き返すこともできない。かれはとっさに密集隊形を命じ、歯をくいしばって前進を続けた。

――一〇分も粘ることができれば、被害を最小限に抑えて、なんとか日本の空母を攻撃できるかもしれない……。

ラムゼイはそう自分に言い聞かせたが、それはいかにも淡い期待だった。

一〇機以上のゼロ戦がワイルドキャットにまとわり付いて翻弄し、味方戦闘機の動きを掣肘《せいちゅう》してくる。その上で別のゼロ戦三〇機ほどが代わるがわるドーントレスやアヴェンジャーに波状攻撃を仕掛けて来た。

密集隊形を採ったおかげでゼロ戦を時折り返り討ちにはするが、落ちてゆくものは圧倒的に味方攻撃機のほうが多かった。

米軍パイロットはみな、時間というものをこれほど長く感じたことはなかったが、戦闘開始から五分が経過してもまだ、洋上に敵空母のすがたは見えなかった。

第二次攻撃隊は出撃時の三分の一ほどに兵力を減らしている。

四、五機のゼロ戦を返り討ちにしていたが、米軍攻撃隊はもはや二〇機以上の攻撃機を撃退されていた。そのうちの一三機は完全に撃ち落とされており、そこには四機のワイルドキャットもふくまれていた。

残る攻撃兵力は、八機のワイルドキャットを除いて、三四機となっていた。

ゼロ戦の攻撃はなおも五分以上続き、攻撃隊はさらにワイルドキャット三機を失って、一八機の攻撃機を撃退された。

残る兵力はドーントレス一一機とアヴェンジャー五機の一六機となっていたが、そのとき、ラムゼイはようやく空母のすがたを認めた。

——やっ、あそこだ！　二隻いる！

それは「大鳳」と「翔鶴」で、時刻は午後一時三二分になろうとしていた。

しかし、距離はまだ一万メートル以上は離れており、ゼロ戦はなおも追撃を止めてくれない。

空母の方へ針路を修正し、ラムゼイが意を決して突撃命令を発した直後のことだった。

ゼロ戦から一撃を喰らいガソリンタンクから出火した。喰らったのは二〇ミリ弾で、それでもラムゼイは敵空母上空をめざして飛んでいたが、抱いていた一〇〇〇ポンド爆弾が突如誘爆し、ラムゼイのドーントレスはあえなく空中分解、同機は粉々に砕け散ったのだった。

結局、空母群の上空へ達したのはドーントレス八機とアヴェンジャー四機の一二機にすぎなかった。さらに対空砲火でドーントレス一機とアヴェンジャー一機が失われ、三〇ノット以上の高速で回避する「大鳳」や「翔鶴」に命中弾をあたえることはできなかった。

米軍・第二次攻撃隊の空襲はあえなく失敗に終わり、「大鳳」「翔鶴」にそれぞれ至近弾一発ずつをあたえたにすぎなかった。

重装甲空母「大鳳」におよそ被害はなく、装甲空母「翔鶴」が艦首近くの舷側にわずかな亀裂を生じただけで、帝国海軍の空母五隻はこの空襲を乗り切ったのである。


いっぽう、戦艦「サウスダコタ」へ向けて真っ先に突っ込んだ関少佐機もまた、被弾し、ガソリンタンクに穴があいていた。

母艦への帰投はもはや〝不可能だ！〟と直感した関の脳裏に〝自爆突入！〟という考えが、一瞬浮かんだが、最後まで生還をあきらめるなと出撃前に諭されており、関は、かろうじて自爆を思いとどまった。

関機の投じた爆弾は見事、敵戦艦の煙突付近に命中。自爆を自重して操縦桿を引くと愛機はきっちり上昇に転じたが、ガソリン漏れがひどく、やはり母艦まではたどり着けなかった。

関機は九〇海里ほど北西へ舞いもどったところでいよいよガス欠を起こし、不時着水して洋上を漂い始めた。

それからは気がとおくなりそうなほど長い時間が経ったように思われたが、小沢中将の放った零式水偵が午後五時半過ぎに関機を発見し、関少佐と偵察員の東藤一《あずまとういち》飛曹長は日が暮れる直前の午後六時四〇分に駆逐艦「親潮」によって救助されたのだった。


第三波、第四波攻撃隊もまた、関機をふくめて三五機以上を失っていた。

小沢中将はこの日・午後三時を期して、四隻の重巡から六機の水偵を索敵に出したが、午後四時三〇分の時点ですでに米空母のすがたは洋上になく、残存の米艦艇もすっかりガ島・東方海域からすがたを消していた。

それら水偵のうちの一機が帰投中に関機を発見したのだが、第一機動艦隊は最後の防空戦でも零戦九機を失い、戦い終えてすべての艦載機を収容したとき、空母五隻の艦上に在る航空兵力は零戦七五機、艦爆三六機、艦攻三九機、二式艦偵六機の計一五六機となっていた。

昭和一七年一〇月二五日に生起した「東部ソロモン海戦」の結果、小沢機動部隊は米海軍の主力空母「エンタープライズ」「サラトガ」「ホーネット」を撃沈し、戦艦「サウスダコタ」を大破して見事、大勝利をおさめた。

味方は装甲空母「瑞鶴」がトラックへの撤退を余儀なくされたが、いまだ「大鳳」以下の五空母が戦闘力を保持している。

「これで米空母を太平洋から一掃したはずです！　われわれは『ミッドウェイ海戦』の仇討ちを果たしました！」

旗艦「大鳳」の艦橋で山田参謀長がそう宣言すると、むろん小沢もうなずいた。

「うむ。『大鳳』の防御力を信じて積極的に撃って出たのが、結局大正解だった」

小沢もめずらしく興奮していたが、作戦はこれで終わりではない。いや、終わりどころか作戦はまだ始まったばかりで、是が非でもガ島を奪還しなければならない。

米軍機動部隊を退け、ようやくそのお膳立てがととのったにすぎなかった。

だが、そのための兵力は残されていた。

この日・一日だけで第一機動艦隊は一五三機を失い、艦載機の損耗率は四九・五パーセントに達していたが、五空母の艦上にはなおも一五六機の航空兵力が残されていた。

作戦続行のため、第一機動艦隊は一旦北上して給油を実施したが、翌・二六日の昼過ぎには再び南下してガ島の東北東およそ二五〇海里の洋上へ軍を進めた。ただし、軽空母「瑞鳳」はもはや必要がないため、先にトラックへ帰投させた。

その上で二六日も入念に索敵を実施したが、やはり洋上に米艦隊のすがたはなかった。

そして第一機動艦隊は、日の在るあいだにガ島の東方洋上まで軍を進めたが、午後四時半過ぎに米軍飛行艇の接触を受けたため、夜間はさすがにそれ以上の進軍をひかえた。


小沢艦隊を発見したのはサンタクルーズから発進したPBY飛行艇だったが、同機からの報告を受け、にわかに色めき立ったのがハルゼー中将の南太平洋艦隊司令部だった。

「なにっ！　ジャップの空母四隻がいまだにガ島周辺をうろついているだと⁉」

ハルゼーが声を荒げるのも無理はない。

二五日・午後に日本軍機動部隊を空襲した第二次攻撃隊もまた、敵空母に〝爆弾二発を命中させた！〟と報じていた。そのためハルゼーは、空母戦は〝およそ引き分けに持ち込んだ！〟と、今のいままで信じていたのだった。

攻撃隊の報告はむろん誤りで、実際には至近弾二発をあたえたにすぎなかったが、それを信じていたハルゼーにとって、味方飛行艇のもたらした新たな報告こそ寝耳に水だった。

いや、ハルゼーばかりでなく、それはブローニングも同じだったが、もしPBY飛行艇の報告が正しいとすれば、それこそ一大事だった。

というのが、ハルゼー司令部はリー少将の水上部隊に対してすでに北上を命じており、戦艦「ワシントン」を基幹とするリー部隊は、二六日の夜を利してガ島へ近づこうとしていた。

ところが、日本の空母四隻が依然ガ島近海で作戦中だとすると、虎の子の戦艦「ワシントン」が二七日の朝には、まちがいなく日本軍機動部隊の空襲にさらされることになる。

「ボス！　陸軍機ならいざ知らず、わが飛行艇が空母を見誤るとは思えません！　リー部隊への北上命令を即刻、取り消すべきです！　……でないと『ワシントン』は、『サウスダコタ』の二の舞となってしまいます！」

ブローニングの言うとおりだった。「ワシントン」が危ないということに同じく気づいてはいたが、ハルゼーは俄然、目をほそめ、めずらしく考え込んでいた。

なぜなら、この日（二六日）・午前中には、ポートモレスビーから飛び立ったB24爆撃機が、日本の大艦隊が〝ラバウルから出撃した！〟との重大報告を発していたからであった。

——早ければ二七日・夜には、ジャップの大部隊がガ島に上陸して来る！

ハルゼーはそう直感していたが、敵の上陸を阻止するにはやはり戦艦「ワシントン」で迎え撃つしかなかった。ところが、敵空母四隻が本当に健在だとすれば空襲を受けるのは必定で、いかにもそれは、「ワシントン」を、死地に追い遣るようなものだった。

日本軍の上陸を阻止する前に「ワシントン」は十中八九空襲を受け、最悪の場合は沈められてもおかしくなかった。日本軍艦載機には戦艦を沈めるだけの実力がたしかにある。

口惜しいが、そのことはハルゼーも認めざるをえなかった。

「……敵の上陸を阻止するどころか、ルンガ沖にも達せず、『ワシントン』は敵機のよい晒《さら》しものになるだけです……」

ブローニングが恐るおそるそうつぶやくと、ハルゼーも力なくうなずいて、リー司令部に〝北上中止!〟を命じたのである。

空母の護衛なしで「ワシントン」を出すのはおよそ自殺行為で、ここはガ島防衛軍の踏ん張りに期待するしかなかった。

第六章　主翼強化型／零戦

1

アメリカ海軍にとって一九四二年「一〇月二七日」は史上最悪の海軍記念日となった。

ソロモン現地時間では二八日だが、前日の二七日・早朝には、小沢機動部隊の艦載機、ラバウル航空隊、ブイン航空隊が一斉にガ島のヘンダーソン飛行場を空襲し、同島のアメリカ軍航空兵力は一日にして壊滅した。

二八日・未明には、日本軍・第二艦隊、第七艦隊の金剛型戦艦二隻や重巡などがこぞってヘンダーソン飛行場に艦砲射撃をおこない、途中からはその砲撃に小沢機動部隊の戦艦「比叡」「霧島」も加わった。

徹底的な艦砲射撃が明け方まで続き、小沢機動部隊は、ガ島の南方洋上、すなわちレンネル島の北方洋上を東から西へ横切るようにしてサンゴ海へと進入し、ガ島に近づこうとする米艦艇に眼を光らせた。

三日前の決戦で主力空母三隻を失い、戦艦「サウスダコタ」を撃破された米海軍は、すでに艦隊によるガ島防衛をあきらめており、ハルゼー司令部の決定を、ニミッツ大将の太平洋艦隊司令部も追認せざるをえなかった。艦隊を出すには、当然空母の護衛が必要となる。

一九四二年一〇月下旬のこの時点で、新造のエセックス級空母やインディペンデンス級軽空母はいまだ一隻も竣工しておらず、ガ島防衛に役立ちそうなアメリカ海軍の空母は、四隻のサンガモン級護衛空母ぐらいしかなかった。

当然ハルゼー中将は、それら護衛空母四隻を南太平洋へ派遣するようにもとめたが、サンガモン級四空母はいずれも北アフリカ戦線の「トーチ作戦」に動員されることがすでに決まっており、ハルゼー中将の希望がかなえられるのは一九四三年一月中旬になってからのことだった。

主力艦が戦艦「ワシントン」わずか一隻では日本の連合艦隊に対抗できるはずもなく、ガ島周辺の制空海権を完全に掌握した日本軍は、ガ島への逆上陸をまんまと成功させて、二九日中に二個師団の上陸を完了した。

大部隊のガ島上陸をゆるしたその敗因は、ひとえに主力空母三隻の喪失にもとめられる。一挙に三隻もの空母を失ったアメリカ海軍の衝撃は大きく、「東部ソロモン海戦」の研究会をただちに開いて、大敗北を喫したその原因を、アメリカ海軍は徹底的に究明した。

複数の証言によると、三空母から発進した味方攻撃隊が日本軍の空母にも相当な打撃をあたえたことは、まず間違いがなかった。

国力、生産力で日本を圧倒しているアメリカ海軍としては、たとえ三隻の味方空母を失ったとしても、それと同数の敵空母を沈めることができれば、いずれ空母数で日本海軍を凌駕《りょうが》できる。そのため、同数の敵空母に損害をあたえる見込みがあれば、積極的に戦いを挑むというのがアメリカ海軍の根本的な戦策になっていた。

つまり今回の場合、キンケイド少将が敵空母三隻の撃沈にもし成功しておれば、善戦したとして評価されていたことになる。

ところが実際の結果は、三隻どころか一隻の敵空母も沈めることができず、わずか一隻を撃破して戦場から退けたにすぎなかった。

この結果を受け、参謀長のスプルーアンス少将がニミッツ大将に指摘した。

「ミッドウェイでは一〇発程度の爆弾を命中させて『アカギ』『カガ』『ソウリュウ』の三空母をきっちりと沈めております。しかし今回は、魚雷もふくめてミッドウェイとほぼ同じ数の命中を得たにもかかわらず、わずか一隻の敵空母を退けたにすぎません。……日本の主力空母はほぼすべてが飛行甲板に相当な装甲を施しているのではないでしょうか？」

これが結論にちがいなかった。

ニミッツもそうだろうと思ったが、ワシントンの海軍作戦本部も、まったく同様の結論に達しており、報告を受けたルーズベルト大統領はノックス海軍長官とキング作戦部長に対してあらためて厳命した。

「何度でも言うが、わが海軍は早急に装甲空母を建造する必要がある！」

じつは、ルーズベルト大統領は今年（一九四二年）八月に、装甲空母四隻の建造を海軍に対してすでに要求していたのだった。

ところが、アメリカ海軍・当局はこれまで装甲空母の建造にいっこうに乗り気でなかった。排水量がエセックス級と同程度の装甲空母を建造した場合、搭載機数がわずか六四機に減少するというのが、その理由であった。

これは日本の重装甲空母「大鳳」の搭載機数が六〇機程度であるのと数字がおよそ合致しているが、アメリカ海軍が装甲空母に乗り気でない理由はほかにもあった。

装甲を施すと飛行甲板の高さが下がるので、悪天候時の航空作戦で不利になるといった点や、イラストリアス級程度の装甲（七六ミリ）防御力では、状況によっては一〇〇〇ポンド爆弾の貫通をゆるしてしまう場合があるため、エセックス級と比べたときに優位性が認められないなどが指摘され、結局アメリカ海軍はいまだ装甲空母の建造に着手していなかった。

日本との戦争が始まってからも、いくつかの戦訓から、大型空母の致命傷は爆撃ではなく雷撃が原因だと見なされ、飛行甲板の装甲化は不要だと考えられていた。

八月には大統領から建造要求が出されたが、そのときも資材供給の面でほかの空母建造に悪影響が出るとして、海軍は装甲空母の建造に消極的な態度をとり続けていた。

ところが、今回の「東部ソロモン海戦」で、敵である日本海軍に装甲空母の有用性を実証されてしまい、それでようやくアメリカ海軍も重い腰を上げることになる。

ルーズベルト大統領から装甲空母の建造をあらためて厳命されると、海軍は、当初エセックス級として計画していた「CV41」「CV42」の二隻を、新たな装甲空母として建造するよう、ついに計画を変更したのである。

新たに計画が変更されたCV41級（のちのミッドウェイ級）装甲空母は、未着工に終わるモンタナ級戦艦の船体を基にして設計された。

同級は、機関配置がモンタナ級戦艦と酷似しており、基準排水量四万五〇〇〇トンにおよぶ巨大装甲空母として誕生することになる。

2

一〇月二九日に陸軍・二個師団のガ島上陸が成功すると、小沢中将が直率する第一航空戦隊の空母「大鳳」「翔鶴」は、一部の重巡や駆逐艦などを従えてトラックへ引き揚げた。

そして、第二航空戦隊の空母「飛鷹」「隼鷹」や第一一戦隊の戦艦「比叡」「霧島」、第八戦隊の重巡「利根」「筑摩」は、第二艦隊の指揮下へ一時編入されて、引き続き「ガ島奪還作戦」を支援することになった。

トラックには工作艦「明石」が居る。

損傷が軽微な「飛鷹」と無傷の「隼鷹」で引き続き島上の戦いを支援し、「大鳳」「翔鶴」をまずトラックへ帰投させて、「明石」で先に修理しようというのであった。

また、大破にちかい損害をこうむった空母「瑞鶴」と軽空母「瑞鳳」はすでにトラックへ帰港しており、「瑞鶴」は応急修理の後、呉へもどされて本格的な修理をおこない、「瑞鳳」は内地――トラック――ラバウル間の機材輸送任務にしばらく従事することとなった。この輸送任務にはあとから護衛空母「雲鷹」「冲鷹《ちゅうよう》」「大鷹」も加わることになる。三隻目の護衛空母「冲鷹」は一一月一日に空母への改造を完了した。

いっぽう肝心の奪還作戦は、「飛鷹」「隼鷹」を加えた第二艦隊の手厚い支援により、一一月八日にはついに飛行場の奪還に成功した。

両空母搭載の艦載機や金剛型戦艦四隻が連日にわたって砲爆撃を加えると、米軍守備隊もさすがに音を上げてヘンダーソン飛行場を放棄したのである。しかし、日本のガ島上陸軍も決して無傷ではなく、米軍の激しい抵抗に遭って六〇〇〇名を超える死傷者を出していた。

飛行場をめぐる攻防戦は一一月五日、六日ごろピークに達したが、米軍が拠り所にしていたマタニカウ川沿いの防塁が、艦爆の猛爆撃によって破壊されると、陸軍・第二師団の主力が一気にルンガ岬をめざしてなだれ込み、多くの死傷者を出しながらも八日・午後には飛行場の制圧に成功したのであった。

ところが米軍もさるもの、海兵隊は単に飛行場を明け渡したわけではなく、後方（東）のテナル川沿いに新たな陣地を構築していた。

兵員も海兵隊、陸軍・アメリカル師団を合わせて、いまだ二万名ちかくの兵力を有しており、米軍守備隊が後方へ一旦、軍を下げて立て直しを図り、新たな陣地に立てこもったため、ガ島上の戦いはなおも続いて、長期戦の様相を呈し始めたのだった。

米軍はガ島の防衛を決してあきらめたわけではなかった。

こうして籠城されてしまうと、第二艦隊も重油不足の艦がではじめ、いつまでもガ島近海に張り付いておられない。補給に当たる油槽船にも限りがあるため、第八艦隊も同じく艦数を減らして警戒するしかないが、角田中将の率いる「飛鷹」「隼鷹」のみは、連合艦隊司令部からのたっての要請で、一一月八日以降もずっとガ島近海で敵艦隊の出現に眼を光らせていた。

幸い「飛鷹」「隼鷹」の艦上には、いまだ八〇機ちかくの航空兵力が残されていた。

それから九日後の一一月一七日。帝国海軍みずからの手で破壊した滑走路の復旧工事がようやく成り、米軍から奪い返したルンガ飛行場に、零戦二一機と艦爆、艦攻一二機ずつ計四五機が進出を終えた。

いや、それだけではない。今回は参謀本部もさすがに陸軍航空隊の派遣に同意して、二日後には一式戦・隼一二機と九九式軽爆九機が護衛空母によって配備された。

こうなればまず〝一安心〟ということで、連合艦隊司令部もようやく二航戦の任務を解き、角田中将の率いる「飛鷹」「隼鷹」は一旦ラバウルへ寄港してから、一一月二二日にトラックへもどって来たのである。

両空母がトラックへ帰還したのはじつに一ヵ月ぶりのことで、「飛鷹」の修理は内地へもどすことなく、「明石」で実施することができた。

いっぽう、そのころ内地では〝新型機〟の生産もすっかり軌道に乗っており、次なる出動準備が着々と進められていた。

3

帝国海軍が装甲空母の建造に本腰を入れて舵を切った昭和一五年ごろから、零戦後継機の開発は二本立てで進められていた。

ひとつは中島「栄《さかえ》」エンジンの馬力向上型に換装した「零戦三二型」で、もうひとつは三菱「金星」エンジンに換装した主翼強化型の「零戦三三型」であった。

現在、空母や陸上基地で運用中の零戦二一型はいうまでもなく中島の「栄」エンジンを搭載しており、零戦三二型はその流れを汲むものでエンジンの直径が同寸法のため、開発にさしたる障害はなかった。

かたや、三菱の「金星五四型」エンジンに換装する零戦三三型は、エンジンの直径が七センチほど（六八ミリ）大きくなるため、機体の大幅な改修が必要になると予想された。ただし、エンジン出力は一気に一・三八倍に向上するため、強力となったその分の馬力を活かして主翼を強化しようというのであった。

主翼強化型・零戦の開発動機には、装甲空母の建造が大きくかかわっている。周知のとおり、空母の飛行甲板に装甲を施すと、搭載機数がかなり減ってしまう。

搭載機数の少なさが装甲空母の決定的な弱点だが、艦載機とりわけ艦上戦闘機に本格的な折りたたみ翼を採用して、空母艦上での駐機スペースを確保し、出来るだけ搭載機数を増やす必要があるだろうということが、昭和一三年の時点ですでに話し合われていた。

当時、山本五十六は海軍次官と航空本部長を兼務しており、航空本部技術部長を和田操が務めていた。その後、中将に昇進した和田操は海軍航空技術廠（空技廠）長に就任しており、和田操が三菱に対して、零戦の「金星」エンジンへの換装をはたらき掛けたところ、三菱はこの提案にふたつ返事で応じたのだった。

「従来の『栄』では馬力不足で、折りたためるほど主翼を強化すると、飛行性能が低下する恐れがあり、『金星』に換える必要がある！」

和田が明確に理由を告げると、三菱に反対する理由はなにもなかった。そもそも零戦の搭載エンジンがライバル・中島の「栄」エンジンに決まったときには、三菱技術陣は〝鳶《とんび》に油揚げをさらわれた！〟といって悔しがっていた。それを今度は自社製の「金星」エンジンに取りもどせるのだから、この提案は三菱にとっても渡りに船にちがいなかった。

ただし、中島の「栄」エンジンはじつに燃費が良く、零戦の長所のひとつである大きな航続力を可能にしていた。

そのため、陸上基地で運用する零戦は、引き続き「栄」を搭載した零戦三二型で性能強化を図ることにし、空母で運用する零戦を、「金星」搭載の零戦三三型に統一して、搭載機数を増やすことにしたのである。

問題は直径の異なる「金星」への換装だが、主翼強化型・零戦の開発はかなり早くから三菱側に打診されていたし、自社製エンジンへの換装だから三菱技術陣もことのほか意欲的に機体の改造に取り組んだ。

初期型零戦の開発と併行して、「金星」に換装した場合の検討もおこなわれており、昭和一五年の秋には実質的に開発が始まっていた。

そして、昭和一六年一二月に試作一号機が完成し、飛行実験の結果、風防の位置を四〇センチほど後方へ下げるなどして、さらに機体に改良を加えていった。また、海軍の要求である時速三〇〇ノットの最大速度を実現するために、主翼の幅や形状を若干変えるなどして、昭和一七年七月二〇日には確信の持てる、試作七号機の完成にこぎつけたのだった。

関係者が見守るなか七月二二日に飛行テストが実施され、同機は、高度六〇〇〇メートルで時速三〇五ノット（時速・約五六五キロメートル）を記録し、上昇力についても高度六〇〇〇メートルまで〝六分五四秒〟と、零戦二一型を凌《しの》ぐ性能を発揮してみせた。

操縦性もまったく問題ない。

これなら〝いける！〟ということで、空技廠長の和田操中将がテスト結果を報告すると、航空本部長の片桐英吉《かたぎりえいきち》中将はただちに同機の制式採用を決め、三菱に量産を命じた。

艦上戦闘機「零戦三三型」／乗員一名
・搭載エンジン／三菱・金星五四型
・離昇出力／一三〇〇馬力
・全長／九・一二メートル
・全幅／一一・四二メートル
　主翼折りたたみ時／五・九メートル
・最大速度／時速三〇五ノット
　／時速・約五六五キロメートル
・巡航速度／時速一八〇ノット
・航続距離／九五〇海里（増槽なし）
　／一三二〇海里（増槽あり）
・武装／二〇ミリ機銃×二（一六〇発×二）
　／一三ミリ機銃×二（三〇〇発×二）
・兵装／二五〇キログラム爆弾一発
※昭和一七年八月より量産開始。

旋回性能は零戦二一型よりも劣るが、グラマンF4Fを優に凌いでいる。最大速度は時速三〇キロメートルほど向上しており、急降下制限速度も時速七五〇キロメートルに向上していた。

　これならＦ４Ｆが急降下で逃れても付いてゆけるし、飛行性能はあらゆる面でグラマンを上まわっている。さすがにＦ４Ｆのほうが機体は頑丈だが、零戦三三型は防御面においてもかなり強化されていた。

　また、二〇ミリ機銃の携行弾数も両翼あわせて二〇〇発ほど増やされ、およそ撃ち惜しみせずに済む。かたや航続距離は、零戦二一型よりかなり低下しているが、それでも増槽なしで三〇〇海里以上の攻撃半径を有していた。

　そしてなにより、翼の強化により主翼を根元から大きく折りたたむことができる。主翼折りたたみ時の全幅はおよそ半減し、格納庫や飛行甲板にかなりの空きが出来て、中型以上の空母だと約九機、軽空母でも六機ほど搭載機数を増やすことができるのだった。

　たとえば翔鶴型装甲空母だと、これまでの定数は六六機だったが、それが七五機に増加する。大鳳型重装甲空母だと、六〇機から六九機に増えて、飛鷹型装甲空母でも、四五機から五四機に定数を増やすことができる。

　さらに瑞鳳型軽空母の場合、これまでの定数は二七機だったが、それが三三機となるのだ。大鳳型が三隻で戦隊を組めば一挙に二七機もの艦載機が増えるので、労せずして軽空母一隻分の兵力増となる。

　航空戦は質にもまして量が重要となるため、たとえ個々の機体の性能がすこし低下したとしても機数がまとまれば、質の低下を充分におぎなって余り有るのであった。

　零戦三三型は八月に量産が始まり、一一月中に機動部隊の全母艦へ配備されることになる。

さらに特筆すべきは、「金星」エンジンにはなおも余力が残されているということだった。すでに出力向上型である「金星六二型」が実用化にこぎつけており一五〇〇馬力を発揮できる。すみやかな換装が可能だから、近い将来、零戦のさらなる性能向上を期待することができた。

4

零戦三三型はあくまでつなぎの機体で、本命の新型艦上戦闘機は、「誉《ほまれ》」エンジンを搭載する予定の「一七試艦戦」だ。

待望の「誉」エンジンはすでに昭和一七年九月には生産を開始していたが、量産化されるにしたがって品質の低下をまねき、本来の出力を発揮できないものが続出し始めた。

「誉」エンジンの開発は官民一体の計画であるだけに、品質低下の責任は、中島だけでなく海軍にもある。中島飛行機とともに空技廠の発動機部が開発にたずさわっており、和田操としても責任を感じていた。

——直径を小さくしすぎたのではないか……。

同エンジンの直径はわずか一一八〇ミリでしかなく、一四気筒の「金星」の一二一八ミリよりも三八ミリほど小さい。「誉」はいうまでもなく一八気筒だ。

初期の計画出力は一八〇〇馬力だが、最終的には「誉」の出力を、二〇〇〇馬力まで引き上げる必要がある。

ところが、量産型の「誉」は出力が一三〇〇馬力しか出ていないという報告があり、これでは新型艦戦の開発など到底、望むべくもなかった。

いや、一七試艦戦ばかりではない。新型の艦上偵察機や陸上爆撃機、一六試艦上攻撃機などにも搭載を予定しているので、「誉」搭載の新型機は目白押しだ。絶対に失敗はゆるされないが、これほど出力が低下してしまうと、和田もさすがに頭を抱えるしかなかった。

そして、エンジンの開発は時間との戦いでもある。開発が一年でも後れてしまうと、たとえ最終的に二〇〇〇馬力を達成したとしても、その新型機はもはや戦局に寄与しないのだ。

そうした事態だけはなんとしても避けなければならないが、それを避ける手段はおよそ一つしか思い浮かばなかった。

――急がば回れだ！　今からでも決しておそくはない！「誉」の直径を拡大して、もう一度やりなおし、開発の負担を取り除いてやるべきだ！

和田はそう思ったが、昭和一七年中に直径の変更を打ち出せば、結局はそのほうが早道となるにちがいなかった。

和田が俄然《がぜん》そう思い立ったのには、その動機付けとなる、偶然の〝産物〟があった。装甲空母と零戦三三型である。

本来「金星」エンジンは小型単座機用の発動機ではなく、陸攻や艦攻、艦爆などのために開発されたエンジンだった。単座戦闘機への搭載は本来考えられておらず、そのため直径も比較的、大き目であった。

しかし、搭載機数が減少するという装甲空母の弱点をおぎなうために主翼強化型の零戦を改めて開発する必要があり、小型機の代表といえる零戦に「金星」エンジンを積んでみたところ、これが思いのほか上手くいった。

――なんだ、直径が一二一八ミリでも、エンジン馬力が強ければ、単座戦闘機に充分、使えるじゃないか……。

そのことが零戦三三型の開発で判り、これまでミリ単位でエンジンの大きさにこだわっていたのが、なんだかバカらしく思えてきた。

ましてや列強の新型戦闘機は最大速度を重視する傾向にあり、それら敵戦闘機に対抗するにはどうしても大馬力エンジンが必要になる。

その大馬力を実現するにはエンジンの大型化が避けられず、高速化を実現するには、エンジンの大きさにこだわるよりも馬力を増大させるほうが重要だ、ということが、零戦三三型の成功でいかにもよくわかった。

宿敵・グラマンF４Fはエンジンの直径が一二二四ミリで出力一二〇〇馬力。「金星」でもそれより直径が小さいので、わずか一一八〇ミリの直径で二〇〇〇馬力級のエンジンを造ろうというのはほとんど夢物語にちがいなかった。決して言い過ぎではない。くり返すようだが、新型機の開発は時間との戦いで、開発が予定より一年も後れてしまえば、その新型機は完成したとしても、早くも時代後れになってしまうのだ。

中島単独での開発なら要らぬ口出しはひかえるべきだろうが、「誉」の開発には周知のとおり空技廠もかかわっている。

「せめて、直径を『金星』と同じ一二一八ミリに変更すべきじゃないかね?」

中島の開発責任者である中川良一《りょういち》技師に、和田が直接そう持ち掛けてみたところ、中川は、最初は厭《いや》な顔をしてみせたが、その一週間後には直径変更の必要性をみとめた。

「じつは、廠長からこういう提案があったと、みなに話してみましたところ、どうやらその必要があるだろうということで、発動機部全員の意見が一致しました」

「しかし、きみ。最初は厭そうな顔をしていたじゃないか……」

「はい。ですが、直径の変更が必要ないとはそのときも申しておりません。……全員の意見を訊く必要がありましたので、決めるのに時間が掛かるだろう、と思ったまでのことです」

するとと和田は快《こころよ》くうなずいてみせ、あらためて中川に訊いた。

「なんなら一二一八ミリとはいわず、もうすこし大きくしてもよいだろうと思うが……」

ところが中川は、和田の言葉をさえぎるようにして、きっぱりと言い切った。

「いえ、断じて『金星』より大きくするわけにはまいりません！　中島の意地に懸けてその大きさで、やらせてください！」

その心意気は頼もしいが、一度は失敗しているだけに和田も決して鵜呑《うの》みにしない。

「中島の自尊心など、もはや関係ない。これは戦争だ。『誉』の失敗は国を亡ぼすことになる！……きついことを言うようだが、本当に確実な線で直径の大きさを決め、二度と失敗がないようにしてもらいたい」

しかし中川は、このとき不具合の解決法をすでに見つけていた。

「いえ、大丈夫です。三八ミリも直径を大きくすることができれば、今度は必ず信頼性の高いエンジンを造り上げてみせます！」

むろん直径は小さいに越したことはない。

和田は中川の言葉に〝よし！〟とうなずき、こうして『誉』エンジンの直径は一一八〇ミリから一二一八ミリに変更されたのである。

高が三八ミリの差にすぎないが、これは日本の運命を左右する決定にちがいなかった。

第七章　重装甲空母／白鳳

1

マル四計画を策定してから四年が経ち、こうして連合艦隊をあずかる身になってみると、山本五十六は、大和型三番艦の建造を最後にしておいてよかったと心底、思った。

九月に重装甲空母一番艦の「大鳳」が竣工したのもそうだが、この一一月一〇日には横須賀工廠で大鳳型二番艦の「白鳳」も竣工した。

ワシントン軍縮条約をいちはやく廃棄した帝国海軍は、建艦競争でやはりアメリカ海軍を一歩リードしており、これで条約廃棄後に完成した主力空母は、「飛龍」「翔鶴」「瑞鶴」「大鳳」「白鳳」の五隻となっていた。

対するアメリカ海軍は、いまだエセックス級空母が竣工しておらず、条約明け後に竣工した空母はヨークタウン級を改良した「ホーネット」わずか一隻のみにとどまっていた。

――「大鳳」「白鳳」は大和型三番艦を後まわしにした賜物《たまもの》だな……。

重装甲空母「白鳳」は、一一月一〇日から早速習熟訓練を開始して、一一月二五日に速力・時速三三・三八ノットを記録し、一一月二八日には零戦三三型や艦爆、艦攻などを搭載して、艦載機の発着艦テストもおこなった。

——よし、予定どおりだ！　これでガ島を、もうひと押しできる！

連合艦隊参謀長の山口中将はそう思い、山本長官の同意を得た上で、「白鳳」の習熟訓練を早めに切り上げて一二月一〇日までにトラックへ回航するよう、横須賀鎮守府にもとめた。

戦機たけなわ、この一一月五日付けで大将に昇進し、一一月一〇日付けで横須賀鎮守府長官に就任していた古賀峯一大将は、大鳳型重装甲空母の建造前倒しにひと役買ったこともあり、連合艦隊司令部のもとめに即、応じて「白鳳」の習熟訓練を一二月五日で切り上げ、戦艦「武蔵」と六隻の駆逐艦を護衛に付けて、「白鳳」を横須賀から送り出したのだった。

そのときに「白鳳」は、零戦三三型や艦爆、艦攻を艦上に満載して出港した。

また、そうした新機材の輸送には護衛空母や軽空母「瑞鳳」もひと役買い、肝心の「白鳳」や戦艦「大和」などは無事、一二月一〇日・昼過ぎにトラックへ入港して来た。

春島錨地《びょうち》に不沈戦艦「大和」「武蔵」の巨体がそろって並び、近くに重装甲空母「大鳳」「白鳳」の二隻が引き締まった艦容を浮かべると、その威厳に満ちた光景に圧倒されて、みなが大日本帝国の勝利を確信するのであった。

かたや、先に損傷した「瑞鶴」はいまだ呉で修理中であり、修理に二ヵ月ほど掛かると診断されて、同艦の戦線復帰は昭和一八年の年明け一月になりそうだった。

けれども、重装甲空母「白鳳」が代わってトラックに到着し、小沢・第一機動艦隊は再び空母六隻の陣容となったのである。

魚雷の命中がなく喫水線下に被害を受けなかった「大鳳」「翔鶴」「飛鷹」の三空母は、トラック碇泊中の工作艦「明石」ですべての修理をおこなうことができた。同時に装甲空母「隼鷹」もトラックでレーダーの設置を終えており、「瑞鳳」以外の主力空母五隻はこれで対空見張り用レーダーの設置をすべて完了していた。

第一機動艦隊　司令長官　小沢治三郎中将
【第一航空戦隊】司令官　小沢中将直率
・重装空「大鳳」　搭載機数・計六九機
（零戦三〇、艦爆一八、艦攻一八、艦偵三）
・重装空「白鳳」　搭載機数・計六九機
（零戦三〇、艦爆一八、艦攻一八、艦偵三）
・装甲空「翔鶴」　搭載機数・計七五機
（零戦二七、艦爆二七、艦攻一八、艦偵三）

【第二航空戦隊】司令官　角田覚治中将
・装甲空「飛鷹」　搭載機数・計五四機
（零戦二四、艦爆一八、艦攻九、艦偵三）
・装甲空「隼鷹」　搭載機数・計五四機
（零戦二四、艦爆一八、艦攻九、艦偵三）
・軽空母「瑞鳳」　搭載機数・計三三機
（零戦二四、艦攻九）

零戦はすべて〝三三型〟である。再び空母六隻となった第一機動艦隊の航空兵力は、零戦一五九機、九九式艦爆九九機、九七式艦攻八一機、二式艦偵一五機の計三五四機。

新規搭乗員が航空隊のおよそ半数を占めているが、艦載機の総数は三五四機に達している。空母の数は二ヵ月前と同じだが、零戦三三型の配備により、全搭載機数は四五機も増えていた。

ガ島に対する基地攻撃がおもになるため、航空隊は艦爆重視の編制となっている。

練度はおのずと低下しているが、米軍機動部隊は今、壊滅状態にある。そこで、比較的難易度の低い基地攻撃を実施、みなに実戦経験を積ませておこうというのであった。

いっぽう、ガ島飛行場の占領に成功して基地航空隊の統廃合を必要としていた山本大将は、ガ島から米軍を駆逐するために「南東方面艦隊」を新設し、昭和一七年一二月一〇日付けで連合艦隊の編制を改定した。

◎連合艦隊　司令長官　山本五十六大将
（トラック）　同参謀長　山口多聞中将
　第一戦隊　司令官　山本大将直率
　　戦艦「武蔵」「大和」
　第三航空戦隊　司令官　城島高次少将
　　護空「雲鷹」「大鷹」「冲鷹」
　第九戦隊　司令官　岸福治少将
　　軽巡「北上」「大井」
　第一水雷戦隊　司令官　森友一少将
　　軽巡「長良」　駆逐艦六隻
【第二艦隊】　司令長官　近藤信竹中将
（トラック）　同参謀長　白石万隆少将
　第四戦隊　司令官　近藤中将直率
　　重巡「愛宕」「摩耶」「高雄」
　第五戦隊　司令官　大森仙太郎少将
　　重巡「妙高」「羽黒」
　第二水雷戦隊　司令官　田中頼三少将
　　軽巡「五十鈴」　駆逐艦一一隻
　第四水雷戦隊　司令官　高間完少将
　　軽巡「阿武隈」　駆逐艦一二隻

【第一機動艦隊】　司令長官　小沢治三郎中将
（トラック）　同参謀長　山田定義少将
第一航空戦隊　司令官　小沢中将直率
装空「大鳳」「白鳳」「翔鶴」
第二航空戦隊　司令官　角田覚治中将
装空「飛鷹」「隼鷹」軽空「瑞鳳」
第一一戦隊　司令官　阿部弘毅中将
戦艦「比叡」「霧島」
第一二戦隊　司令官　志摩《しま》清英《きよひで》少将
戦艦「金剛」「榛名」
第七戦隊　司令官　西村祥治少将
重巡「鈴谷」「熊野」
第八戦隊　司令官　原忠一中将
重巡「利根」「筑摩」
第一〇戦隊　司令官　木村進少将
軽巡「阿賀野」　駆逐艦一六隻

○南東方面艦隊　司令長官　草鹿任一中将
（ラバウル）　同参謀長　酒巻宗孝少将
【第一一航空艦隊】司令長官　草鹿中将兼務
第二二航空戦隊　司令官　吉良俊一少将
（ラバウル／ラバウル防衛）
第二四航空戦隊　司令官　山田道行少将
（ルンガ／ガ島防衛）
第二五航空戦隊　司令官　上野敬三少将
（ブイン／ガ島方面哨戒）
第二六航空戦隊　司令官　宇垣纒中将
（ラバウル／ラバウル防衛）
【第八艦隊】　司令長官　三川軍一中将
（ラバウル）　同参謀長　大西新蔵少将
独立旗艦／重巡「鳥海」
第六戦隊　司令官　五藤存知少将
重巡「青葉」「衣笠」「古鷹」

第一八戦隊　司令官　松山光治少将
　軽巡「龍田」／「天龍」欠
第三水雷戦隊　司令官　橋本信太郎少将
　軽巡「川内」　駆逐艦一二隻
※便宜上、トラック、ラバウル以外に根拠地を置く艦隊や第四艦隊は割愛す。

戦艦「武蔵」がトラックへ入港して来ると、山本大将は連合艦隊旗艦を「大和」から「武蔵」に変更した。「武蔵」のほうが司令部設備が充実していたからである。

このたび連合艦隊の直属となった第三航空戦隊の護衛空母三隻は引き続き内地――ラバウル間の機材輸送任務に従事しており、第九戦隊の軽巡「北上」「大井」は魚雷発射管を撤去してマニラ――トラック間の輸送任務に従事していた。

第二艦隊はトラックへ拠点を移し、米艦隊の出現など不測の事態に備えて待機している。

第一機動艦隊は周知のとおり「白鳳」を加えて空母六隻の陣容となっていた。じつは一一月三〇日には軽空母「龍鳳」が空母への改造工事を完了していたが、いまだ連合艦隊には引き渡されておらず、「龍鳳」は、しばらく内地で習熟訓練をおこない、母艦搭乗員の育成に飛行甲板を貸すことになっていた。

また、これまで第二艦隊の指揮下に在った第三戦隊の戦艦「金剛」「榛名」が今回、第一二戦隊となって第一機動艦隊に編入されている。

さらに、第一〇戦隊の旗艦は軽巡「長良」から新鋭の軽巡「阿賀野」に代わり、その指揮下には秋月型防空駆逐艦二隻「秋月」「照月《てるづき》」もあらたに加わっていた。

そして、ガ島の早期奪還とラバウルの防衛強化を図るため、このたび連合艦隊の指揮下に「南東方面艦隊」があらたに設けられた。

その司令長官は第一一航空艦隊長官の草鹿任一中将が兼務することになり、第二四航空戦隊司令官の山田道行少将（海兵四二期卒業）がガ島へ赴《おもむ》き、ルンガ飛行場に司令部を置いた。

飛行場を奪還してからほぼ一ヵ月が経ち、ルンガ飛行場配備の陸海軍航空兵力は一二月一〇日の時点で合わせて八七機に達していた。

そこには「栄二一型」エンジンに換装した零戦三二型四二機がふくまれており、ガ島防衛の主力となっている。この時点でルンガ飛行場配備の零戦はすべて三二型となっており、従来の二一型はラバウルやブインに退いて、後方支援任務を担うようになっていた。

また、ブーゲンヴィル島のブイン飛行場に司令部を置く第二五航空戦隊は、海兵四一期卒業の上野敬三少将が司令官を務めており、その指揮下には零戦、陸攻など計六〇機が在った。ブインにほど近いショートランド泊地には一八機の飛行艇も配備されており、定期的に哨戒をくり返し、ガ島方面に眼を光らせている。

ひとたび緩急があって、ガ島に近づきつつある敵艦隊などを発見した場合には、ラバウルとも連携してガ島に航空支援をおこない、敵艦を排除しようというのであった。

そのためブイン基地には、足の長い零戦二一型や一式陸攻が配備されていた。

いっぽう、南東方面艦隊が司令部を置くラバウルにはこの時点で、およそ一八〇機の陸海軍機が配備されていた。

現状では、そのうちのおよそ四〇機を陸軍機が占めており、最終的には、三式戦・飛燕《ひえん》なども加えて、ラバウル配備の陸軍機は二〇〇機を超える計画となっていた。

ラバウルには二日に一度の割合で敵機が来襲しており、ポートモレスビーから来襲するそれら敵機に備えることが、ラバウル航空隊の第一義的な任務となっていた。そのため、零戦が多く配備されていたが、ガ島は可及的すみやかに奪還する必要がある。南東方面艦隊はガ島戦の決着を付けるために設立されたのだから、草鹿中将は連合艦隊から命令が出るのを待っていたが、一二月一二日にはいよいよ〝それ〟が出た。

山本大将が一二日・正午に「第二次・ガ島奪還作戦」の〝決戦！〟を発動すると、草鹿はおもむろにうなずいた。

――ついに来たかっ！

そして、この日・午後には第一機動艦隊がトラックから出撃したことがわかり、南東方面艦隊参謀長の酒巻宗孝少将が草鹿に向かってあらためて進言した。

「長官。われわれは第一機動艦隊の攻撃と呼応して攻撃隊を出し、一五日・早朝にまず、ツラギを空襲いたします！」

ガ島の対岸に在るツラギもまた、米軍によって八月に占領されており、いわば目の上のたんこぶとなっていた。飛行場はないが、飛行艇や水偵の運用に適した泊地が在るため、米軍の利用をゆるす前に、ツラギを奪い返しておくに越したことはなかった。むろんツラギを攻撃することは承知していたが、決行日が〝一五日〟と決まり、草鹿は重々しくうなずいたのである。

2

ヘンダーソン飛行場を日本軍に奪い返されてしまい、ガ島の防衛はいまや〝風前のともし火〟となっている。

ハルゼー中将はむろん防衛をあきらめていなかったが、護り切れるかどうかは、まさに時間との戦いだった。

増援の第二海兵師団を上陸させる準備はできているが、ガ島上空を敵機がわがもの顔で飛んでいるため、それを上陸させる手立てがない。空母の護衛なしで、上陸船団をガ島に近づけることができないのだ。

——なんたることだ！　空母さえ在れば、ガ島へ増援部隊を送り込めるのにっ！

ハルゼーが悔しがるのも無理はなかった。

戦艦「サウスダコタ」はいまだ修理中だが、この一一月二八日にはヌーメアに戦艦「インディアナ」と修理を終えた戦艦「ノースカロライナ」が到着していた。

戦艦「ワシントン」を加えて、これで作戦可能な新型戦艦は三隻となっている。ニミッツ大将が南太平洋艦隊のもとめに応じて急遽「インディアナ」と「ノースカロライナ」をヌーメアへ回してくれたのだが、肝心の空母がいまだ到着していなかった。

じつは、ハルゼーは空母「レンジャー」の南太平洋派遣をもとめていたが、それだけは作戦部長のキング大将がどうしても〝ウン〟と言わなかった。その代わりにサンガモン級の護衛空母三隻を回してやるというのだ。

たしかにサンガモン級空母は、護衛空母にしては〝三六機〟と搭載機数が多い。これが三隻まとまれば搭載機数は一〇〇機を超えるので、なるほど「レンジャー」一隻よりもたくさんの艦載機を運用できる。だが、ハルゼーはまったくもって不満だった。

――鈍足の護衛空母では、思い切ってガ島に近づけないじゃないかっ！

空母「レンジャー」が速力二九ノットを発揮できるのに対して、サンガモン級の最大速度は時速一九ノットでしかなかった。

不満で仕方のないハルゼーは、ブローニングに対して思わず愚痴った。

「それならいっそのことサンガモン級の到着を待たずに、ボーグ級護衛空母二隻で第二海兵師団を上陸させてやろうじゃないかっ！」

たしかにこのとき、ボーグ級護衛空母の「オルタマハ」がヌーメアで搭乗員の飛行訓練に当たっており、同じくもう一隻のボーグ級空母「ナッソー」も、ヌーメア――パルミラ間で機材輸送任務に従事していた。

これら二空母は、ハルゼー司令部さえその気になれば、上陸支援に使えないことはない。

ところが、ブローニングは反対した。

「ボーグ級を戦闘に使いますと、最大でも二四機の艦載機しか飛ばせません。しかも二隻の速力は一八ノット以下ですから、『オルタマハ』と『ナッソー』を上陸作戦に動員するのは、あまりにも危険です」

「危険なことは端からわかっとる！　しかし、それでも敢えてやろうというのだ。でないと戦機を逸する！」

むろんハルゼーの言うことにも一理はあった。

日本軍は日を追うごとにガ島の航空兵力を増強している。時が経てば経つほど、飛行場の再奪還はむつかしくなるのだ。しかも、日本軍機動部隊はいまだ健在で、それがいつ、出て来ぬともかぎらない。

幸いにして、日本の空母も航空兵力を相当消耗したのにちがいなく、この数週間は鳴りをひそめている。おそらくトラックへ引き揚げて艦載機を補充しているのだろうが、明日はもう一二月一日だ。これまで鳴りをひそめていたのが、おかしいぐらいだった。

兵は拙速《せっそく》を尊《たっと》ぶ、というハルゼー中将の考えもわからぬではないが、ボーグ級を動員するという考えにも問題がないわけではなかった。

ブローニングはそれを指摘した。

「ヌーメアで訓練中の『オルタマハ』は練度不足とはいえ、搭載機をそのまま作戦に使えないこともありませんが、『ナッソー』はこれまでずっと輸送任務に徹しており、固有の艦載機を搭載しておりません。作戦用のワイルドキャットや搭乗員を別途用意する必要がございます。……準備におそらく二週間ほど掛かるでしょう」

ちなみに護衛空母「ロングアイランド」は、ボーグ級二隻と交代するかたちでアメリカ本土へ引き揚げ、現在オーバーホール中であった。

ブローニングの指摘がもっともなのでハルゼーがうなだれていると、ブローニングはさらに口をつないだ。

「オアフ島司令部もサンガモン級の到着を二週間ほど早めると言っております。……ここは、その到着を待つべきです」

「……二週間早めるだと!?　それでいったい、いつ到着する?」

ハルゼーが語気を強めてそう問いただすと、ブローニングは半信半疑ながらもここは強《し》いて言いきった。

「当初の予定は一月四日の到着でしたから、『スワニー』は、一二月二一日にはヌーメアに到着するはずです!」

するとハルゼーは、いかにも不満そうな表情でつぶやいた。

「……『スワニー』だけかね?」

「はい。……『サンガモン』と『シェナンゴ』は一月中旬とされておりましたので、年明け早々の到着になりそうです」

ブローニングがちからなくそう答えると、ハルゼーは吐き捨てるように言った。

「それじゃ、年内に到着するのはわずか一隻じゃないかっ!」

これにブローニングがうなずいてみせると、ハルゼーはすっかり黙ってしまった。

そもそもサンガモン級護衛空母が三隻そろったとしても断然もの足りないのだ。

船団護衛用の艦載機が一〇〇機も在れば、おそらくガ島の日本軍基地航空隊は排除できるだろうが、日本軍機動部隊が出撃して来たとしたら到底太刀打ちできない。味方は、戦艦や輸送船などを相当数、傷付けることになるだろうが、それでもハルゼー中将は、ガ島へ増援部隊を送り込むつもりでいた。

ところが、年内に間に合うサンガモン級がわずか一隻ではどうにもならない。ハルゼーが言葉を失くすのも無理はなかった。

かといって、ボーグ級空母二隻の護衛だけでは、ガ島の日本軍航空隊ですら排除できないかもしれない。ましてや、日本軍機動部隊がトラックから出撃して来たとすれば、多くの輸送船を失うばかりか、「ワシントン」「ノースカロライナ」「インディアナ」の三戦艦もまた、「サウスダコタ」の二の舞いとなってしまうだろう。

まったくの手詰まりだが、是非もなく、ブローニングが恐るおそる進言した。

「いずれにせよ、第二海兵師団の出動準備だけはととのえておきます。……ですが、ここはとにかく、『スワニー』の到着を待ちましょう」

一二月二一日に「スワニー」が到着するかどうかも実際には疑わしいが、ほかに妙案がなく、ハルゼーもブローニングの進言にうなずくしかなかったのである。

3

一二月一四日・サンタクルーズ現地時間で午後五時二四分——。小沢・第一機動艦隊はサンタクルーズ諸島の北北西およそ六六五海里の洋上に達していた。

午後六時二三分には日没を迎えるが、小沢機動部隊はいまだ敵機などに接触されていない。第一機動艦隊はトラック出撃後、二日以上にわたって行動を秘匿し続けていた。

米軍・飛行艇母艦がサンタクルーズのヌデニ港を根城にしているのはわかっていた。小沢中将はそれを〝ぜひとも奇襲したい！〟と考えていた。

午後六時五五分ごろまで薄暮が続くため、それまでの一時間半ほどが勝負だった。

艦隊の進軍速度は二五ノット。第一機動艦隊は輪形陣を組み、空母六隻以下、全艦艇が南南東の針路を維持して刻一刻とサンタクルーズへ近づきつつある。

天気は半晴だが、気象条件は悪くない。この日も南東から弱い貿易風が吹いていた。

「空母が出て来る可能性はあるかね？」

旗艦・重装甲空母「大鳳」の艦橋で小沢中将があらためてそう訊くと、参謀長の山田定義少将は即答した。

「改造の護衛空母などが出現する可能性はあるでしょうが、まずないとみます」

「ああ。だが、油断はならない。明朝は、索敵をきっちりやってくれたまえ」

「はい。高速の二式艦偵一二機を、薄明と同時に出す計画です」

小沢はこれに無言でうなずいたが、敵の飛行艇母艦がヌデニ港に碇泊している可能性は〝かなり高い〟とみていた。

今日も、ガ島のルンガ飛行場から哨戒に飛び立った艦攻が、米軍のＰＢＹ飛行艇と接触していたからである。敵飛行艇はサンタクルーズ方面からやって来たのにちがいなかった。

敵がサンタクルーズから定期的に飛行艇を飛ばしているのはまちがいなく、第一機動艦隊は「東部ソロモン海戦」の前日にも敵飛行艇によって発見されていた。敵の索敵パターンはおおよそ読めており、米軍飛行艇は約六五〇海里の距離を進出し、午後五時ごろに索敵線を折り返しているものと思われた。時刻は今、午後六時になろうとしており、この読みが正しければ、敵飛行艇はすでに南南東へ向け飛び去っているはずだった。

むろん確証はないが、小沢司令部は今回、その可能性に賭けた。時計の針が午後六時を指し、第一機動艦隊がサンタクルーズの北北西・約六五〇海里の洋上に達すると、小沢は俄然《がぜん》、速力二八ノットを命じ、機動部隊を二つに分けた。

小沢中将の直率する主隊と角田中将の率いる別動隊だが、小沢中将の主隊はわずか一三隻の陣容となって、「大鳳」「白鳳」「翔鶴」の三空母に「比叡」「霧島」の戦艦二隻、さらに利根型重巡二隻と駆逐艦六隻が付き従っている。小沢はみずからが直率する主隊の進軍速度を二八ノットに上げたのだった。

かたや、二航戦の空母三隻や残る金剛型戦艦二隻などは、小沢中将の命令を受けて俄然、針路を南へ執り、ガ島の北北東洋上をめざした。こちらは逆に進軍速度を二二ノットに下げた。

別動隊の指揮官を務めるのは、空母「飛鷹」「隼鷹」「瑞鳳」を直率する第二航空戦隊司令官の角田中将で、その指揮下には志摩清英少将が率いる第一二戦隊の戦艦「金剛」「榛名」および第七戦隊の鈴谷型重巡二隻、そして第一〇戦隊の軽巡「阿賀野」と駆逐艦一〇隻が在り、こちらは計一八隻の陣容となっていた。

翌朝。二航戦を基幹とする別動隊でツラギを空襲し、一航戦を基幹とする主隊でサンタクルーズを空襲しようというのであった。

ガ島の北北東で行動する別動隊に危険がおよぶことはまずないが、注意を要するのはサンタクルーズ方面へ踏み込む主隊のほうだった。

はたして、午後七時前には周囲がどっぷりと暗闇につつまれた。賭けは成功し、両部隊の上空に敵機が現れるようなことはなかった。

小沢機動部隊のすべての艦艇が、なおも行動を秘匿し続けている。

一四日・午後七時の時点で、主隊はサンタクルーズの北北西およそ六二〇海里の洋上に到達しており、別動隊はガ島の北北東およそ五二〇海里の洋上へ軍を進めていた。

夜間も二八ノットの速力で疾走し続ける主隊は輪形陣を維持することができない。小沢中将は重巡「利根」「筑摩」を先頭に立て、その後方に戦艦二隻と主力空母三隻が続き、さらに駆逐艦六隻が一本棒となって続いていた。

かたや、別動隊は輪形陣を維持している。

両部隊とも一二時間ちかくにわたって南下し続けることになるが、周囲がどっぷりと暮れたその五時間後には午前零時を迎えて、日付けが一四日から〝一五日〟に変わった。


そして一二月一五日の早朝。角田中将の率いる別動隊は、午前六時三五分の時点でガ島の北北東二六五海里の洋上へ達し、小沢中将の直率する主隊は、同じく六時三五分の時点でサンタクルーズの北北西二九五海里の洋上に達していた。

午前五時三八分には日の出を迎えていた。

空母六隻は依然としてなにものにも発見されておらず、小沢部隊はあともう一歩で艦載機の攻撃圏内にサンタクルーズ諸島をとらえる。

この日・午前五時五分過ぎの薄明を期して「白鳳」「翔鶴」「飛鷹」「隼鷹」の四空母から索敵に出た一二機の二式艦偵は、すでに全機が三〇〇海里以上の距離を進出し、そのうちの一機はまもなくサンタクルーズ・ヌデニ港の上空へ到達しようとしていた。そしてこれこそが、小沢司令部の狙いだったのである。

4

みなの待ち望んでいた報告が、旗艦「大鳳」に飛び込んで来たのは、まさしく午前六時三五分のことだった。

『湾内に水上機母艦らしきもの二隻在り！　ほかにも輸送船三隻が碇泊中！』

報告を入れて来たのは「白鳳」から発進していた二式艦偵だった。

――すわっ、やはり獲物がいたぞ！

大鳳司令部は俄然色めき立ったが、残る一一機の二式艦偵からは、結局、敵艦の存在を知らせるような報告は入らなかった。

攻撃すべき獲物は、サンタクルーズに碇泊中の敵艦艇のみだ。

小沢司令部は敵艦の在泊を予期しており、主隊の空母三隻はすでに第一波攻撃隊の準備を開始していた。艦爆や艦攻は艦船攻撃用の兵装で待機していたが、敵艦が在泊中でない場合も考えられたため、一部の艦攻はいまだ飛行甲板に上げられていなかった。

しかし、目当ての飛行艇母艦を発見したからには、すみやかに攻撃する必要がある。

小沢長官の意を察して、山田参謀長がただちに進言した。

「あと一五分、第一波の出撃準備は午前六時五〇分にととのいます！」

「よかろう。第一波で、サンタクルーズの敵艦を攻撃する！」

小沢中将があらためてそう命じると、三空母の艦上が俄然あわただしく動き始めた。

じつは、ヌデニ港に停泊していたのはカーティス級水上機母艦の「カーティス」とバーネガット級小型水上機母艦の「マキナック」だった。

　小型の「マキナック」は一時期、マライタ島へ九機のカタリナ飛行艇を進出させたこともあったが、一一月八日にガ島飛行場が日本軍に奪い返されてからは、サンタクルーズへ退き、「カーティス」とコンビを組んでソロモン方面の哨戒任務を継続していた。

　ちなみに「カーティス」の排水量は約九〇〇〇トン、「マキナック」は二〇〇〇トン強の排水量だが、二隻あわせて三〇機程度のカタリナ飛行艇を運用することができた。

　第一機動艦隊としては、これまでサンタクルーズの敵飛行艇に決まって接触をゆるしていただけに、二隻を活かしておくという手はなかった。


第一波攻撃隊／攻撃目標・敵水上機母艦二隻
①重装空「大鳳」／零戦六、艦爆一八、艦攻九
①重装空「白鳳」／零戦六、艦爆一八、艦攻九
①装甲空「翔鶴」／零戦六、艦爆九、艦攻一八
※○数字は各所属航空戦隊を表わす。

第一波攻撃隊の兵力は、零戦一八機、艦爆四五機、艦攻三六機の計九九機。

　艦爆はすべて二五〇キログラム通常爆弾一発ずつを装備しており、艦攻は全機が航空魚雷一本ずつを装備している。

　敵戦闘機出現の可能性がほぼないため、零戦の出撃数は一八機だけとし、艦爆、艦攻の出撃数を増やして攻撃に重点を置く。その上で、三空母はいずれも三三機の攻撃機を発進させる。

　第一波は大鳳飛行隊長の江草隆繁少佐が指揮官となって出撃してゆくが、村田重治少佐は内地で新規搭乗員の育成に当たることとなり、雷撃隊は翔鶴飛行隊長の楠美《くすみ》正《まさし》少佐が率いていた。

　予定どおり午前六時五〇分には第一波攻撃隊の発進準備がととのい、小沢中将が即刻出撃を命じると、三隻の母艦から次々と先頭の零戦が発進を開始した。

　この時点でサンタクルーズまでの距離はおよそ二八八海里となっていた。攻撃距離は普段よりもすこし遠いが、小沢部隊はなおも速力二八ノットでサンタクルーズへ軍を近づけ、出した攻撃隊を迎えにゆく。

　そのため、帰投時における第一波攻撃隊の飛行距離は二〇〇海里程度にまで短縮できるもの、と算定された。


　まもなく零戦の発進は二分半ほどで終わり、あらたに機動部隊に加わった重装甲空母「白鳳」からは、立て続けに艦爆一八機と艦攻九機が発進してゆく。

　先頭の艦爆に機乗しているのは今回、白鳳飛行隊長に選抜された坂本明《あきら》大尉であった。坂本大尉は「サンゴ海海戦」までは「瑞鶴」で分隊長を務めていたが、一旦内地で新規搭乗員の育成に当たり、このたび「白鳳」の飛行隊長として再前線の母艦勤務に返り咲いていた。

　そして内地で訓練中に、坂本大尉によって第一小隊の三番機に抜擢されたのが、白井一途《かずと》二飛曹の操縦する艦爆だった。

「三番機だから、俺の右腕だ！」

　坂本が見込んだほどだから腕は確かだが、白井二飛曹はこれが初陣となる。

しかも、最新鋭の空母「白鳳」から艦爆の三番手で発進してゆくのだから、白井はとても興奮を抑えきれなかった。

むろん白井も、訓練では四度「白鳳」から発進したことがあり、これが五度目になるが、いまから〝敵地へ向かうのだ!〟と思うと、気合いの入りようがまるでちがう。武者震いが止まらない白井の様子を観て、坂本は噴き出しそうになるのを懸命にこらえていた。

坂本機が今〝これが手本だ!〟と言わぬばかりに「白鳳」の飛行甲板を蹴って飛び立った。

続く二番機の小山飛曹長機もすかさず助走を開始し、二五秒後には上空へ舞い上がった。

その瞬間、白井は〝ふうー〟と大きくひとつ息を吐き、愛機のエンジン出力を最大にして助走を開始した。

すると、何のことはない。白井機は飛行甲板を二〇メートルほども余して上空へ飛び立ったのである。発艦〝成功!〟だ。

上空でそれを観察していた坂本大尉から「気合いの入り過ぎでガソリンの無駄遣いだ!」と、あとで注意を受けることになるが、難なく発進を成し遂げ、これで正真正銘、第一波攻撃隊の一員となった。

やがて上昇し、隊長機の右後方へぴたりと付くと、「白鳳」からはすでに艦攻が飛び立とうとしていた。前後に並び疾走する「大鳳」と「白鳳」から、次々と攻撃機が発艦してゆく光景は、まさに勇壮そのものだった。

その一員として、重装甲空母「白鳳」の飛行隊へ推薦してくれた坂本大尉に、白井はあらためて感謝せざるをえなかった。

――よし！　立派に初陣を飾って、隊長の期待に応えてやろう……。

そしてまもなく、午前七時五分には、第一波攻撃隊の全機が無事に発進を完了した。

隊長機に倣《なら》い旋回を終えるや、白井は再度、気合いを入れなおし、愛機の針路を一路、南南東へ向けたのである。

5

小沢部隊の矢は放たれた。

サンタクルーズに対する攻撃は奇襲となって成功するように思われたが、米軍もそれほど甘くはなかった。

午前七時四二分。小沢中将が率いる主隊の上空へ、ついに一機のＰＢＹ飛行艇が現れた。

薄明を期してサンタクルーズから飛び立っていたＰＢＹにちがいなく、上空直掩《ちょくえん》に当たっていた零戦がただちにこれを迎え撃ったが、敵飛行艇は海へ墜落する直前に長文の電報を発した。

――ちっ、見つかったか！　もうすこしのところで奇襲できたのにっ！

小沢司令部のだれもがそう悔やんだが、米軍飛行艇が電波を発したのはまちがいなく、味方空母の存在はもはや〝暴露した！〟と考えざるをえなかった。

ＰＢＹの発した電波は実際に水上機母艦「カーティス」に届いていた。「カーティス」がそれを受信したのは午前七時四五分のことで、艦長のウイルソン・Ｐ・コグスウェル大佐は報告を受け、にわかに眉をひそめた。

「なに！　敵空母が三隻だとっ!?」

「はい。同機の報告によりますと、空母をふくむ敵艦隊は、高速で〝こちらへ向かっている！〟とのことです！」

通信兵がそう告げると、コグスウェルはいよいよ顔をしかめて、副長に諮《はか》った。

「おい、どう思う？」

「……そういえば、午前六時三〇分過ぎに偵察機らしき敵機が上空へ進入して来ました。ガ島から飛来したものと思い込んでおりましたが、それはまちがいで敵空母から発進して来たのではないでしょうか……。だとすれば、敵の狙いは本艦かもしれません！」

報告を入れて来たPBYは敵戦闘機によってすでに撃墜されていた。敵空母がサンタクルーズの北北西二七〇海里付近に存在するのはまちがいなく、それが高速で近づきつつあるのだ。

コグスウェルは副長の進言にうなずくや、ただちに断を下した。

「いや、まちがいない。敵の狙いはこの『カーティス』だ！　ただちに『マキナック』とタンカーにも連絡してエスピリトゥ・サント（以後・エス島）へ退避すると伝えよ！　いや、午後から発進を予定していたPBYも給油を中止してただちに退避させる！　急げ！」

コグスウェルの発した緊急命令はすぐに他艦などにも伝わったが、エンジンの始動などに多少の時間を要し、「カーティス」「マキナック」などがヌデニ港から出港したのは午前七時五五分ごろのことだった。

二段索敵用のカタリナ飛行艇なども順次、エス島へ向けて退避し始めたが、問題はやはり「カーティス」以下の艦艇五隻だった。

いずれも鈍足で二〇ノット以上の速力を発揮できない。それでもあきらめるわけにはいかず、五隻は南南東（エス島方面）へ向けて全速で退避し始めた。

ヌデニ港は午前八時一〇分にはすっかりもぬけの殻となっていたが、第一波攻撃隊がその上空へ達したのは、それからおよそ一時間後、午前九時六分のことだった。

港内に敵艦は一隻も存在しない。けれども、第一波攻撃隊を率いる江草少佐は、すこしも慌てた様子を見せない。それもそのはず。空中進撃中の午前七時四五分過ぎに江草機は、旗艦「大鳳」から次の電報を受け取っていた。

『主隊は敵飛行艇によって接触を受ける！　サンタクルーズ在泊中の敵艦艇は、港外へ脱出を図る公算大！』

これだけの情報があれば江草には充分で、すぐにピンときた。

――敵飛行艇母艦などはわが空母が存在する北北西とは正反対、すなわち南南東へ向けて退避したのにちがいない！

南南東の方角には、米軍が拠点を置くエス島も存在するため、ヌデニ港の上空を通過した江草機は、そのまま直進し、第一波攻撃隊の針路を南南東に取り続けた。

時刻は午前九時一〇分になろうとしている。母艦を発進してからすでに二時間以上が経過し、攻撃隊は、もはや三〇〇海里ちかくもの距離を飛び続けていた。

はたして、江草の読みはずばり的中した。

それから五分と経たずして、江草ははるか行く手の水平線上にうごめく影を発見した。

飛行距離はもはや三〇〇海里を超えており、燃料に不安はあるが、それでも江草は味方空母の前進を信じて、攻撃隊の速度を俄然一六〇ノットに上げた。

——あれだ、まちがいない！　飛行艇母艦が大小一隻ずつと輸送船三隻だ！

さらに近づいてそう確信するや、江草は、午前九時一六分に突撃命令を発した。

『全軍突撃せよ！（トトトトトッ！）』

第一波の兵力は艦爆四五機と艦攻三六機で、攻撃兵力は充分だ。

『大鳳爆撃隊で小型の飛行艇母艦をやる！　白鳳爆撃隊と雷撃隊は大型の飛行艇母艦をやれ！　残る大鳳雷撃隊、翔鶴雷撃隊は中隊（九機）ごとに分かれて輸送船三隻をやり、翔鶴爆撃隊は（予備として）しばらく上空で待機せよ！』

江草が右の攻撃方針を示すと、各隊長から次々と〝了解！〟の応答があり、水上機母艦「カーティス」に艦爆一八機と艦攻九機が襲い掛かり、小型水上機母艦「マキナック」に艦爆一八機が襲い掛かった。

そして、三隻のタンカーにはそれぞれ艦攻九機ずつが襲い掛かって、上空待機を命じられた翔鶴爆撃隊の艦爆九機はしばらく上空を旋回し、攻撃のなりゆきを見守っていた。

排水量五〇〇〇トンを超えるとおぼしき「カーティス」や輸送船には雷撃が必要だが、大型駆逐艦程度の「マキナック」は爆撃だけで〝充分に撃沈できる！〟と江草はみたのだった。

各隊長が次々と〝ツ連送〟を発し、艦爆や艦攻が狙う的艦へ向け突入してゆく。圧巻は「カーティス」に襲い掛かった白鳳爆撃隊だった。

真っ先に降下を開始した坂本大尉機、小山飛曹長機、白井二飛曹機がいずれも「カーティス」に爆弾を命中させて、同艦の速力はあっという間に一〇ノットちかくまで低下した。

そこへすかさず白鳳雷撃隊が襲い掛かって、魚雷二本を突き刺し、「カーティス」の行き足はみるみるうちに衰えて、一〇分後にはすっかり航行を停止した。

いや、航行を停止する直前に同艦は、さらに爆弾三発と魚雷一本を喰らい、「カーティス」は左へ大きく傾いて、攻撃開始からわずか二〇分ほどでまさに轟沈《ごうちん》したのだった。

むろん、それだけではない。同時に「マキナック」へ襲い掛かった大鳳爆撃隊も、同艦に八発の爆弾を命中させており、タンカー三隻もことごとく魚雷を喰らっていた。

二隻は魚雷二本を喰らって一隻はまたたく間に轟沈し、もう一隻のタンカーも右へ大きく傾いて波間へ没しつつあった。

残るもう一隻は、魚雷の命中が一本にとどまりいまだに航行を続けている。

こちらも速力は一〇ノット以下に低下していたが、それを観て〝生かしてなるものかっ！〟と江草少佐が、温存しておいた翔鶴爆撃隊の九機に攻撃を命じると、かれらもそのタンカーに四発の爆弾を命中させて、五隻の米艦艇をことごとく海上から葬《ほうむ》り去ったのである。

水上機母艦「マキナック」もまた、航行を停止し、船体が中央から切断されて、波間へ消えようとしていた。

鈍足の米艦艇は為す術《すべ》がなく、攻撃開始から沈没までわずか二〇分ほどの早技だった。

魚雷の命中は全部で八本をかぞえ、命中した爆弾はなんと一九発に達していた。

四月の「セイロン島沖海戦」では江草爆撃隊は高速の敵重巡二隻に対して八〇パーセント以上の命中率をたたき出していた。そのときに比べると航空隊の練度はかなり低下していたが、同じく護衛戦闘機が〝一機も存在しない〟という敵艦に対して、爆撃隊は今回、四二パーセントの命中率を挙げてみせた。

失った攻撃機は艦爆三機、艦攻二機の合わせて五機にすぎず、第一波攻撃隊は午前九時三八分に意気揚々と戦場から引き揚げた。

帰途に就いた攻撃機のなかには白井一途二飛曹が操縦する九九式艦爆のすがたも在り、白井は的艦「カーティス」に爆弾を命中させて、見事に初陣を飾ってみせたのだった。

6

小沢中将の主隊は攻撃隊発進後も南下を続けており、サンタクルーズ諸島の北北西およそ一九〇海里の洋上へ達したところで、第一波の攻撃機を収容した。

攻撃隊の収容を開始したのが午前一一時過ぎのことで、午前一一時二五分には全攻撃機の収容を完了した。

第一波攻撃隊はおよそ三一〇海里の距離を進出して敵艦を攻撃したが、帰投時は二一五海里程度の距離を飛ぶだけで済み、ガス欠を起こしたような機は一機もなかった。

とくに初陣のものは、貴重な敵艦攻撃の経験を積むことができたといえる。

サンタクルーズ諸島とガ島との距離は三五〇海里ほどしか離れておらず、攻撃隊の収容を完了した時点で、小沢中将の主隊はガ島の東北東およそ二七〇海里の洋上に達していた。

角田・別動隊との距離も二一〇海里ほどしか離れておらず、その気になればこの日・日没までの合同も可能であった。

その別動隊は、ラバウル航空隊やブイン航空隊とも協力して朝からツラギを空襲しており、午前一一時三〇分の時点でガ島の北北東およそ二二〇海里付近を遊弋《ゆうよく》していた。

二〇〇機を超える日本軍機から猛爆撃を受けたツラギの施設は跡形もないほどに破壊され、米兵たちはみなジャングルへ退避して、このあとツラギから脱出することになる。入り江に隠し持っていた舟艇で対岸のガ島・コリ岬をめざした。

翌未明。第八艦隊に護られた船団がツラギへ到着し、海軍陸戦隊が上陸、ほとんど無血占領してこれを奪還することになる。

ツラギを無力化した角田中将の別動隊は、午後からはガ島・テナル川沿いの米軍陣地を空襲しながら、速力二〇ノットでガ島の北東二二〇海里の洋上をめざした。

同じく小沢中将の主隊もガ島の北東洋上をめざしつつ、テナル川沿いの米軍陣地を空襲し、速力二〇ノットで北西へ進軍した。本日中に別動隊と合同しておこうというのである。

小沢、角田両部隊はともに二波にわたる攻撃を実施して、米軍陣地を徹底的に空爆した。

テナル川一帯に来襲した日本軍艦載機は二五〇機に及び、米軍守備隊が最後まで温存していた重火器や防塁もことごとく粉砕された。

そして、ルンガ方面で待機していた陸軍・第二師団の主力・約一万名が満を持して突撃を開始すると、米軍守備隊は一六日・午前一〇時には、テナル川沿いの陣地をついに放棄して一旦、コリ岬まで退いた。

第二師団突撃の当初、米軍守備隊はかなりの抵抗をみせていたが、ツラギに部隊を上陸させた第八艦隊が一六日・早暁に艦砲射撃を開始し、午前九時ごろから第一機動艦隊の艦載機が再び来襲し始めると、いよいよ無駄な抵抗であることを悟った米軍守備隊は、飛行場の奪還をあきらめてコリ岬へ退避したのだった。

小沢中将はまず二式艦偵を索敵に出し、ガ島周辺に米艦艇が存在しないことをきっちり確かめてから、テナル川沿いに立てこもる、米軍守備隊を空襲していた。

この総攻撃で日本側は約六〇〇〇名の米兵を捕虜にしていたが、それでもまだ残存の米兵は一万五〇〇〇名ちかくがガ島上に残っていた。

しかし、さしもの米軍守備隊もあきらかに統制を欠いており、飛行場奪還の見込みもないことから、ついに太平洋艦隊司令長官のニミッツ大将はガ島の放棄を決定した。

それはガ島現地時間で一二月一八日・午前一〇時のことだった。

残存の米兵はコリ岬からさらに東のタイヴォ岬まで後退することになり、ガ島からの部隊撤収を命じられた南太平洋艦隊司令官のハルゼー中将は駆逐艦一六隻をまずタイヴォ岬へ派遣して、一九日・夜には撤退作戦を開始した。

いわゆる〝ネズミ輸送〟によって部隊を撤退させようというのだ。

連合艦隊はほどなくしてこのうごきに気づいたが、小沢機動部隊が給油中で一旦、北上していたこともあり、武士の情けで米軍の撤退をとがめるようなことはしなかった。

しかし、二二日には護衛空母「スワニー」から飛び立った米軍艦載機がガ島上空へすがたを現した。それらグラマンがルンガ飛行場から飛び立った零戦とつば迫り合いを演じたため、小沢機動部隊が急ぎ南下して、護衛空母「スワニー」「オルタマハ」を空襲、容赦なく二隻ともガ島南方洋上から葬り去った。

最後に護衛空母二隻を失うという代償を払いながらも二三日には米軍の撤収作戦が終了。帝国陸海軍はおよそ五ヵ月に及ぶガ島攻防戦で最終的な勝利をおさめ、ガダルカナル島の再奪還に成功したのである。

これでラバウル航空隊の消耗をひとまず避けられ、トラックではあらたに連合艦隊旗艦となった戦艦「武蔵」艦上で、山本五十六が山口多聞に向かって、ぼそりとつぶやいた。

「ガ島を制したのは大きいな……」

「……『大鳳』と『白鳳』が間に合ったおかげです。二隻の加入で基地航空隊をさほど消耗せずに済みました」

「ああ、装甲空母は使える！　そのおかげで命がつながった……」

山本はしみじみとうなずいてみせたが、それもそのはず。日米開戦から早一年、開戦前には近衛《このえ》文麿《ふみまろ》元首相に対して〝半年や一年ぐらいは存分に暴れてみせる！〟と啖呵《たんか》を切っていたが、ガ島戦の勝利で、連合艦隊は〝一年〟という関所をまず乗り越えることができた。

「めざすはハワイですね？」

山口は長官の本音を確かめるためにそう訊いたが、事はそう簡単ではなかった。

半年前には〝ミッドウェイ〟という関所で、大きくつまづき、連合艦隊も主力空母三隻を失っている。

むろん米空母「レキシントン」「サラトガ」「ヨークタウン」「エンタープライズ」「ワスプ」「ホーネット」の六隻を沈めたが、「祥鳳」「龍驤」の喪失を数に加えると、連合艦隊も五隻の艦隊空母を失っていた。

そして、ハワイ占領の足掛かりとすべき、ミッドウェイ島の攻略には失敗しているのだ。

「ハワイをめざす以外になかろう」

山本は憮然とそう応じたが、その考えはむろん山口も同じであった。

——ミッドウェイの敗北はたしかに大きいが、来年三月には三番艦「玄鳳」も竣工し、そのあとも重装甲空母の建造が続く！　……ハワイの占領は決して夢ではない！

山口自身は固くそう信じていたが、それもそのはず。エセックス級空母の大量建造に対抗するため、帝国海軍も「マル五計画」「マル急計画」を相次いで策定し、重装甲空母の増産をすでに決めていた。

——空母の建造数で米海軍を上まわるのは不可能だが、こちらは質で勝負だ！

質とは、むろん装甲空母のことであり、帝国海軍は装甲空母の建造では英海軍をも追い抜き、世界の先頭を走りつつあった。決して言い過ぎではない。搭載機数が少ないという装甲空母の弱点を帝国海軍はいちはやく克服していた。

　むろん搭載機数ではエセックス級空母に大きく劣るが、実験艦「飛龍」の生還で手応えを得、帝国海軍はこうして〝装甲空母大国〟としての道をあゆみ始めたのである。

VICTORY NOVELS ヴィクトリー ノベルス

装甲空母大国(1)
大鳳型を量産せよ！

2024年1月25日　初版発行

著　者　原　俊雄
発行人　杉原葉子
発行所　株式会社 電波社
〒154-0002　東京都世田谷区下馬 6-15-4
TEL. 03-3418-4620
FAX. 03-3421-7170
https://www.rc-tech.co.jp/
振替　00130-8-76758

印刷・製本　中央精版印刷株式会社

乱丁・落丁本は、小社へ直接お送りください。
郵送料小社負担にてお取り替えいたします。
定価はカバーに表示してあります。

ISBN 978-4-86490-249-6 C0293